多多羅 著　心傳奇工作室 繪

神探邁克狐

博物館謎影 6

千面怪盜篇

偵探守則

想要成為偵探，必須記住以下守則：

1. 絕不放過任何一個細節；
2. 絕不輕易推翻任何一種推論；
3. 持續閱讀，豐富自身的知識儲備；
4. 堅持真理和正義。

偵探簽名：＿＿＿＿＿＿

小偵探個人檔案

請貼上你的照片吧！

姓名：

年齡：

我的優點：

我的缺點：

我喜歡的東西：

我討厭的東西：

我的夢想：

人物檔案

邁克狐

性別：男　種族：白狐

總是說著「任何罪惡都逃不過我的眼睛」的大神探，屢屢破獲奇案。

聰明帥氣，風趣優雅！悄悄告訴你，他最喜歡吃的就是棒棒糖，因為糖分能讓他的大腦轉得更快！

千面怪盜

性別：不詳　種族：不詳

被迷霧籠罩著的暗夜怪盜，沒有人知道他的名字、他的種族，甚至沒有人知道他到底是男是女。每次出現，他的偽裝都天衣無縫。他收集藝術品的目的是什麼，沒人知道。邁克狐和他的較量持續中。

啾颯

性別：男　種族：啾啾族

從啾啾島來到格蘭島打工的啾啾族水鳥，一開始不會講動物通用語的小可愛。

雖然身體小小的，卻擁有大大的勇氣與智慧。

豬警官

性別：男　種族：麝香豬

比起「杜克·嘟」這個名字，更習慣讓大家叫自己「豬警官」，因為顯得更親切。豬警官是格蘭島警察局的主力警官，奔波於各個案發現場。

雖然不是很聰明，但是富有正義感，在邁克狐探案過程中提供了強而有力的幫助。

目錄

CONTENTS

01 神祕的汽車失火事件

天氣正好，邁克狐瞇起眼睛望向窗外明媚的陽光，聽著樹上清脆的鳥鳴，臉上不自覺地展露笑容。今天是邁克狐和啾颯去郊外踏青的日子。這場踏青他們計畫了很久，但因為一直有案件發生，所以只好一再延期。

「啾啾啾啾啾……」終於能夠出去玩了，啾颯今天心情很好，一路上哼著歌。

他們出發時已經是下午了。走在郊外的小路上，邁克狐微微出汗，他摘下了頭上的貝雷帽，也脫下了格子風衣，說：「今天還滿熱的。」

「熱，啾！」啾颯也摘下了他的小帽子搧風。

走了一會兒，邁克狐看見不遠處圍著一群動物，路邊還停放著幾輛警車。他敏銳地察覺到，可能是有案件發生了。

「啾颯，那邊好像出事了，我們過去看看。」邁克狐立刻叫上啾颯跑了過去。

走近一看，原來是一輛汽車被燒毀了，警察正在仔細檢查這輛車，旁邊還有圍觀的動物。豬警官看到邁克狐來了，眼中頓時放出光彩，馬上走過去和邁克狐打招呼，「邁克狐！你來得正好，哼哼！你趕快來看看這個失火案吧，我現在一點頭緒都沒有，哼哼！」

接著，豬警官說明了案件的情況。原來是棕熊皮特前幾天買的汽車莫名其妙著火了。

棕熊夫婦的家在郊外。今天上午，棕熊皮特開車去附近的雜貨店採購一些生活用品，回來後就把車停在家門口的小路上。但不知道怎麼回事，汽車突然著火了。

邁克狐瞭解情況之後，仔細觀察這輛車：大部分都已被燒焦，車外情況還好，車內卻被燒得不成樣子，看上去火是從裡面燒起來的。車門是鎖住的，車裡有一些紙張和乾草的灰燼，沒有發現任何點火工具。

豬警官皺著眉頭分析情況，臉上露出一絲焦慮，說：「邁克狐，我們也檢查了，這輛車的油路系統沒什麼問題，哼哼，也是才買的新車，不會是線路老化。哼哼！如果說是有人縱火，車門又是鎖住的，只有棕熊夫婦有車鑰匙，哼哼，那凶手是怎麼去車內縱火的呢？這可難倒我了，哼哼！」

邁克狐的單邊金絲框眼鏡在太陽下折射出一道耀眼的光芒，安慰道：「放心吧，豬警官，任何罪惡都逃不過我的眼睛。」

進一步詢問後，邁克狐得知第一個發現汽車著火的人是小浣熊亮亮。今天小浣熊亮亮和他的朋友約好出來郊遊，可是他的朋友臨時反悔了，小浣熊亮亮一氣之下就自己跑到郊外來玩。但沒想到，居然在路上看到一輛汽車著火，火勢很猛，火苗躥出幾公尺高，把他嚇壞了。

「著火啦——著火啦——！」

小浣熊亮亮高聲吶喊，驚動了這裡的居民，棕熊夫婦聽到後跑出來一看，著火的竟然是自己的新車！

「我的車啊！」棕熊太太尖叫一聲，眼前一黑就要暈過去，棕熊皮特趕緊接水滅火。這時，鄰居黑猩猩黑森也跑了出來，只見汽車燃起了熊熊大火，棕熊夫婦手忙腳亂地端著盆子去屋裡接水滅火，黑猩猩黑森默默地拿出手機報了警。

「喲，怎麼才買的車就著火了？」報警之後，黑猩猩黑森雙手抱臂，在旁邊就這麼看著，嘴裡還說著風涼話。

棕熊夫婦來不及回應他，瞥了他一眼後繼續端水滅火，但是

他們一盆一盆的水怎麼可能平息猛烈的火勢呢？還好消防員及時趕到，拿出專業的水槍撲滅火勢。望著燒焦的汽車，棕熊夫婦心痛極了。

邁克狐聽完，皺著眉頭問：「小浣熊亮亮，你看到這輛車著火的時候，周圍有沒有其他動物？」

小浣熊亮亮回答說：「沒有，邁克狐先生，這周圍我只看到了棕熊夫婦和黑猩猩黑森的房子。警察和馬老闆也是稍後才趕來的。」

「棕熊皮特，你買新車的這幾天，有人開過你的車嗎？」邁克狐轉頭看向棕熊皮特。

「嗯……今天上午我開車去雜貨店買東西的時候，馬老闆試了試我的新車，他開著車在雜貨店旁邊兜了一圈，就把車還我了。開回家時，我也沒發現這輛車有什麼異常啊。」棕熊皮特努力回想，這時突然想到了什麼，但又把話吞了回去。

「邁克狐，我們來的時候就檢查了，哼哼。當時這附近只有棕熊夫婦、黑猩猩黑森還有小浣熊亮亮的腳印，黑猩猩黑森和小浣熊亮亮又沒有不在場證明，他們倆都有嫌疑，哼哼。如果說今天上午馬老闆開過這輛車，也不能排除是馬老闆在車內動了手腳，哼哼。」豬警官補充道。

聽了豬警官的話後，小浣熊亮亮開始著急了，連忙擺手說：「不是我！不是我！我今天只是路過，恰巧看到了大火，在這之前我從未見過棕熊皮特，沒理由燒他的車呀！邁克狐先生，你一定要找出真正的凶手啊！」

「邁克狐先生，我知道是誰放的火！」這時，棕熊皮特突然指向黑猩猩黑森，「是他！是黑猩猩黑森放的火！他經常把垃圾扔到我的院子裡，為此我們吵了很多次架。昨晚三更半夜的，他在家裡開派對，吵得我們睡不著，就過去打斷他的派對，他的朋友也走了，所以他一定懷恨在心！對了，還有，今天我把車開回來停在路上，他偏說我擋住他家門口了，要我移車。剛才我的車燒起來了，你沒看到他幸災樂禍的樣子。邁克狐先生、豬警官，你們一定要為我主持公道啊！」棕熊皮特講到這裡，非常憤怒，瞪大的眼睛都有些發紅了。

這時，棕熊夫人也變得非常激動，開始附和起來，「對，邁克狐先生、豬警官，黑森聰明又狡猾，他一定知道怎樣能不留痕跡地放火，你們一定要好好檢查車裡，看有沒有線索。」

黑猩猩黑森既憤怒又委屈，氣得把頭轉到了一邊，「你們別在這裡搬弄是非，造謠生事！邁克狐先生、豬警官，你們不要被他們誤導了，我沒有放火，問心無愧！」

「你們放心，任何猜疑都是要講求證據的，我不會冤枉一個好人，也不會放過一個壞人。畢竟找到了我，就邁出了找到真相的第一步。」

邁克狐轉身看著眼前這片混亂的場景，不禁皺了皺眉，和啾颯一起勘查起這輛被燒毀的汽車。

「啾啾啾，黑色毛髮，啾。」

這時，啾颯在車裡發現了一根黑色毛髮，他戴上手套，將那根黑色毛髮小心翼翼地取了出來。

邁克狐拿著一看，驚訝道：「這是黑猩猩的毛髮！」

「你還說不是你！可惡的黑猩猩，你為什麼要燒我的車！」棕熊皮特一下子跳了起來，憤怒地喊道：「邁克狐先生、豬警官，現在證據也有了，你們趕快把他抓起來吧！」

「冤枉啊，我也不知道我的毛髮怎麼會掉進車裡，我從來沒有坐過他的車，更別說放火燒車了，一定是有人誣陷我！」黑猩猩黑森這時非常著急，不知是憤怒還是害怕，連語氣也有些顫抖。

豬警官拿出手銬，上前一把抓住黑猩猩黑森的手，嚴肅地

科學小站

黑猩猩

黑猩猩是靈長目，人科，黑猩猩屬的動物，與人類的親緣關係為同科不同屬。黑猩猩是目前除了人類之外，智力水準最高的生物唷！牠們在野外生活的個體數量逐年減少，目前為瀕危物種。

黑猩猩不僅能夠加工和使用工具進行活動，還能在經過適當訓練後，掌握語言系統，與人類交流呢！

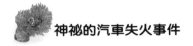

說：「黑猩猩黑森，現在車裡只發現了你的毛髮，如果你沒進車裡，車內怎麼會有你的毛髮呢？你還是跟我走一趟吧，哼哼。」

這時，一隻白色的爪子擋在豬警官面前。

「等等，豬警官，我覺得這根毛髮有蹊蹺。如果這根黑色毛髮是黑猩猩黑森在作案時留下的，這麼大的火勢，應該早就被燒成灰燼了。這根毛髮顯然是在火熄滅之後才掉到車內的。所以，我們不能因此判斷是黑猩猩黑森放的火。」

黑猩猩黑森連忙點頭，朝向邁克狐說：「對呀，邁克狐先生，我從未接近過這輛車，一定是有人誣陷我！誣陷我的那個人才是真正的凶手！你們一定要把那個凶手找出來！」

「放心吧，我們還得進一步尋找證據。」說完，邁克狐戴著手套，拿起放大鏡仔細檢查汽車內部。

不久，邁克狐在汽車裡發現了一塊玻璃碎片，但這塊碎片和其他玻璃碎片不同，它更大一些，而且有一側表面是光滑、有弧度的，像是玻璃球的一部分。他小心地用鑷子夾起那塊碎片，放在透明袋子裡，再繼續尋找著。

「啾啾！」啾颯也發現了幾塊相似的玻璃碎片，他把它們撿起來都放在袋子裡。

仔細觀察之後，邁克狐確認了這些碎片就是玻璃球破裂後形成的。

邁克狐問：「棕熊皮特，你車內是不是有玻璃球？」

「玻璃球？倒是有一顆水晶球。」棕熊皮特回答道。

「是不是我前幾天送你的那顆玻璃做的水晶球呀？」這時，一直在一旁看熱鬧的馬老闆說話了，「前幾天，棕熊皮特買了車後，到雜貨店買東西。當時店裡進了很多新品，有香水、精油、吊飾等等，他買了幾個。我覺得他是老顧客了，就準備送他一樣東西，他選了一顆水晶球，說是棕熊夫人會喜歡。」

邁克狐眼睛一瞇，忽然想到一種可能，問：「棕熊皮特，我看到車內有很多紙的灰燼，你把什麼紙製品放在了水晶球旁邊嗎？」

棕熊皮特仔細回想著，緩緩地說：「我記得我把今天早上買的報紙放在汽車的中控台上，嗯……也把雜貨店找的零錢放在報紙上。當時我好像順手用水晶球把零錢壓住了。」

啾颯偵探筆記

事件：棕熊夫婦的車離奇著火

地點：郊外的小路上

已知線索：

1. 車外情況還好，車內卻已經＿＿＿＿＿，說明火是從＿＿＿＿＿燒起來的。

2. 新車幾乎不會有＿＿＿＿＿的問題，車門是＿＿＿＿＿的，所以不是＿＿＿＿＿縱火。

3. 火勢很大，車內的黑猩猩毛髮卻＿＿＿＿＿，說明黑猩猩黑森＿＿＿＿＿。

4. 車內有很多＿＿＿＿＿碎片。是＿＿＿＿＿破裂後形成的。報紙和零錢與＿＿＿＿＿放在一起。

看著這些線索，啾颯的腦袋裡一團亂麻。小偵探你有什麼想法？你認為的犯人是誰呢？

在這裡寫下你的猜測吧：

聽完棕熊皮特的這番話，邁克狐的嘴角上揚，眼神也更堅定了。

「我知道凶手是誰了！」邁克狐自信地說。大家都投來了好奇的目光。

「啾啾啾？」啾颯也迫不及待地想知道真相，激動地揮舞著小翅膀。

「凶手就是它！」邁克狐將手中裝著玻璃碎片的袋子高高舉起，不慌不忙地說道：「是水晶球放的火。」

「水晶球怎麼會放火呢？哎呀，邁克狐，你就別賣關子了，趕快解釋一下到底是怎麼回事吧。」豬警官催促道。

「這其實並不複雜。今天早上棕熊皮特把報紙和零錢放在了汽車中控台上，又順手用水晶球壓住了零錢和報紙。接著，他把汽車開回家，停放在房屋前的路邊，而該處位置正是朝向西邊。」

邁克狐用手指了指車的方位，繼續說道：「下午兩點左右是一天中最熱的時候，強烈的陽光曝晒著汽車中控台上的水晶球，而水晶球的球體是凸透鏡，有聚集光線的作用，在太陽曝晒下形成的高溫、高熱將下面的零錢、報紙都點燃了。其實光靠報紙還有零錢，不會引起這麼大的火。可是棕熊皮特車內有太多易燃物品了，比如掛在車前的幾個精油吊飾，還有車上的草製坐墊。這些物品一下子就全部被點燃了，才會造成這麼大的火災。」邁克狐一口氣全部說完了，轉頭看了看豬警官。

豬警官恍然大悟道：「原來是這樣啊，哼哼！不愧是大名鼎鼎的神探邁克狐，真有你的。」

「啾，黑猩猩，毛髮，啾啾？」啾颯又提出了另一個疑點，為什麼車裡會有黑猩猩的毛髮呢？

邁克狐搖搖頭，望著棕熊夫婦說：「至於黑猩猩黑森的毛髮是什麼時候掉到車裡的，這可能要問跟他有衝突的棕熊夫婦了。」

棕熊皮特眼看瞞不住了，便嘆了一口氣，說出了真相。

「其……其實黑猩猩黑森的確沒有進過車裡，他的毛髮是我趁他不注意的時候拔了一根，然後在火熄滅後悄悄放在車裡的。」棕熊皮特愧疚地低下頭，說道：「我只是氣不過……之前跟他的衝突就不說了，今天我在滅火時，他就在一邊看熱鬧，還

科學小站

水晶球

雖然漂亮的水晶球看起來和火災沒有什麼關聯，但它和放大鏡的起火原理一樣喔，都是太陽光通過凸透鏡，聚集光線，形成高溫、高熱，達到易燃物的燃點後，易燃物品就會被點燃，從而引起火災唷。所以，我們要注意了，不要隨便把水晶球或者類似的玻璃製品放在熾熱的陽光下和易燃物品旁邊喔，這樣很危險！小偵探們要注意安全，謹慎使用水晶球和放大鏡呀！

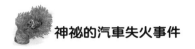

說了一些風涼話，所以我就想順勢把這件事嫁禍給他，讓他體會一下我著急的心情。」

「沒想到你還想誣陷我！」黑猩猩黑森瞪大了雙眼，既驚訝又傷心，「我的性格是不太討人喜歡，但也沒做過什麼傷天害理的事。我們當鄰居這麼多年了，雖然有衝突，但我以為還是有一些感情的，沒想到你居然這麼討厭我，還誣陷我！」

豬警官在一旁幫著黑猩猩黑森說：「對呀，棕熊皮特，大家都是鄰居，低頭不見抬頭見，和睦最重要啊，哼哼！有衝突你也不能誣陷他呀，這可是犯法的，情節嚴重的話，會被判刑的。哼哼！再說，今天還是黑猩猩黑森報的警呢，哼哼！」

「是你報的警？」棕熊皮特不敢相信地看著黑猩猩黑森，眼睛突然泛起淚光，「對不起，黑猩猩黑森，這次是我一時頭腦發熱，沒想到會造成這麼嚴重的後果。我真誠地向你道歉，是我太小人之心了，希望你能原諒我，今後我們可以和睦相處。」

黑猩猩黑森看著棕熊皮特這麼真摯的眼神，一下子就心軟了。

「好吧，我接受你的道歉。不過我也有錯，以後我不會在半夜開派對了。當然，如果我白天開派對，你可不能來阻止我！」

聽到這句話，大家都笑了起來。

棕熊皮特記取教訓，發誓再也不亂放水晶球和易燃物品了。他還聯繫了保險公司，因為他早就幫汽車購買保險，也得到了保險公司的一些賠償金，算是不幸中的大幸。

案件終於結束了，這時已經是黃昏時分，邁克狐和啾颯慢悠悠地走在回家的路上。

「今天也是疲憊的一天呀！」邁克狐長嘆了一口氣。啾颯回應道：「啾，是呀，踏青，啾……」

說完，邁克狐和啾颯都笑了起來。是啊，他們到底什麼時候才能放鬆地去玩一次呢？

夕陽下，邁克狐和啾颯的影子逐漸越拉越長，顯得格外高大。

這次事件之後，棕熊皮特和黑猩猩黑森相處得非常融洽，棕熊夫婦經常邀請黑猩猩黑森一起吃飯，甚至參加他舉辦的派對呢！

偵探謎題

千面怪盜再次現身，這次他盜走了一串鑽石項鍊，並躲在了水中。邁克狐和警察封鎖了水域。這時，有一隻灰色的海象大叔走到了陸地上，他說自己是附近的居民，剛才在水裡游泳，現在要回家去。警察讓海象大叔越過封鎖線，邁克狐看著海象大叔灰色的皮膚，突然反應過來，這隻海象是千面怪盜假扮的！邁克狐是怎麼看出千面怪盜的偽裝呢？

啾颯把解答這個問題的線索藏在本書第 10 頁到第 40 頁間的神祕數字裡。請你找到這些神祕的數字，再使用書末的偵探密碼本，找出最後的答案吧！

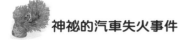

02 鏡頭下的真相

邁克狐坐在辦公桌前，他的目光在貼滿了線索的證據牆上緩緩移動，最終停留在一個大大的紅色箭頭上，箭頭指向一個熟悉的名字——千面怪盜。

「千面怪盜是誰？他的目的又是什麼呢？」

邁克狐皺著眉頭，手指在桌面上有節奏地敲打著。這時，門外的聲音吸引了他的注意，他朝窗外一瞥，目光剛好落在相機觀景窗上。

最近迷上攝影的邁克狐有個新習慣，他總是把相機架在窗邊，準備隨時練習拍照。

畫面裡，花店的店主白狼小姐精心打扮，正準備出門。

「愛琳娜娜。」邁克狐默念這個名字，他想起了愛琳娜娜在找尋父母留下的珍寶時，營救啾颯的不凡身手。愛琳娜娜現在看起來心情不錯，但就在她把鑰匙放進手提包的瞬間，一個白色的東西從包包飄落下來。

那個東西經過觀景窗放大，讓邁克狐猛地站了起來，甚至把椅子都掀翻在地。邁克狐看到了什麼？究竟是什麼東西能讓一向沉穩的他如此震驚呢？

「是千紙鶴！」正值仲夏六月，陽光溫暖，空氣中瀰漫著淡淡的花香。

愛琳娜娜穿著一身紫色洋裝，大大的蓬蓬裙上綴滿了別致的蝴蝶結和亮晶晶的小水晶，陽光照在上面，漂亮極了。她一路走走停停，先在小飾品店停下，買了一對耳環。現在又在咖啡廳停下，喝著一杯咖啡。

她不知道的是，有一雙眼睛正緊緊盯著她的一舉一動。

相機的鏡頭喀喀喀地開合著，鏡頭後面露出一對毛茸茸的雪白色耳

朵。

只見躲在鏡頭後的人穿著一件長長的格子風衣，高高豎起的領子雖然擋住了他的半張臉，但還是被正好端著咖啡走過來的啾颯認出。

「啾啾，你怎麼，在這裡，啾啾？」

啾颯趁沒有案子的時候打工，賺點零用錢。一見到邁克狐，他就啪嗒啪嗒地拍著小翅膀，高興地叫了起來，這是在說：「邁克狐，你怎麼會在這裡呀啾！」

「噓——」邁克狐趕緊摀住啾颯的嘴巴，「小聲點，我好像發現了一個重大線索，你看……」

說著，邁克狐朝不遠處抬起下巴示意，可是剛剛還在座位上的愛琳娜娜卻不見了。

邁克狐猛地站起身，差點把桌上的咖啡打翻。

「人呢？她到哪兒去了？」

顧不上身後的啾颯啾啾啾地叫著，邁克狐焦急地沿著街道跑去。街道上摩肩接踵，邁克狐東擠西擠，將一個又一個陌生人甩在身後。他一路飛奔，來到一個十字路口。這時，紅燈亮了，他被迫停下腳步。

嗖嗖嗖——一輛輛汽車從他眼前開過。邁克狐弓著背大口大口地喘氣，心想：「才跑沒多遠就喘成這樣，看來我要經常鍛鍊身體才行。」

就在邁克狐以為自己跟丟的時候，抬頭一看，馬路中間的人行道上，那抹紫色的身影正背對著他亭亭玉立地站在那兒。

再遠一點就是格蘭島上著名的植物公園。現在，花園裡的花朵開得奼紫嫣紅，一簇簇蝴蝶蘭爭相綻放，粉紅的、淡藍的、純白的，濃淡相間，非常好看。

這時，綠燈亮了。愛琳娜娜踩上斑馬線，下一刻卻發生了意想不到的事。

嗖！

一輛銀白色的小汽車像沒看到紅綠燈似的，突然從馬路對面衝出來，砰的一聲撞上了愛琳娜娜！只見愛琳娜娜被撞飛在地，動也不動。

可是汽車並未停下，而是轉了個彎，消失在路口。愛琳娜娜倒在地上，馬路上頓時亂了起來，尖叫聲、呼喊聲，響成一團。

一路緊跟著邁克狐的啾颯趕緊叫了救護車。邁克狐顧不上身邊慌亂的人群，用最快的速度衝到愛琳娜娜身邊。此時愛琳娜娜已經陷入昏迷狀態，因為不知道傷到了哪裡，所以邁克狐不敢亂動，而是將手指放在她的頸動脈上。直到感覺到了微弱的跳動，邁克狐才暫時放下心來。可是看著愛琳娜娜的樣子，邁克狐皺著眉頭，擔心起來。

「雖然她現在沒有生命危險，可是撞擊已經讓她陷入昏迷了。不過這個反應能力……感覺不像千面怪盜啊！可惡，那輛肇事逃逸的汽車打亂了我的計畫。不行，一定要抓到肇事者才可以！那輛車長什麼樣子呢？」邁克狐回想起剛才那輛疾馳而來的汽車，一些重要的線索從他眼前閃過。

「銀白色，車身上寫著醒目的D。」

邁克狐站起身來，衣角飛起一道帥氣的弧度，陽光灑在他的臉上，鏡片反射出一道白光。

「肇事逃逸的可不是什麼好人。任何罪惡都休想逃過我的眼睛！」

那邊，救護車將愛琳娜娜帶走，這邊邁克狐也上了警車來到警局。一進去，豬警官就拿著資料走向他。

「邁克狐，因為你是這起交通肇事逃逸案的目擊證人，又因為你的特殊身分，所以犀牛局長特別批准你協助調查嫌疑人。哼哼，有你在，我就安心了。」

邁克狐說：「放心吧，任何罪惡都逃不過我的眼睛，而且，你不是已經把犯罪嫌疑人帶來了嗎？」

豬警官憨憨地笑著，摸摸後腦勺，一臉佩服地說：「還真是什麼事都瞞不過你呀。根據你的證詞，我們找到了嫌疑車輛。可是……」

邁克狐看著豬警官為難的樣子，心領神會地點點頭。

其實，肇事車輛並不難找，銀白色，車身上有個大大的D字標誌的汽車都是格蘭島電視台的公務車，只要查清楚格蘭島電視台今天的用車記錄就能鎖定肇事車輛了。

今天外出採訪的汽車共有三輛，但巧合的是，這三輛車今天都在植物公園附近拍攝，所以，三輛車都有可能作案。可是三輛車上的攝影師都矢口否認，並且拿出了各自拍攝的照片作為證據，這些照片能說明他們在案發時都在拍照，根本沒時間開車撞人。

豬警官雖然相信邁克狐的證詞，但是拿著剛剛洗出來的三疊照片，他根本找不到線索，只好將照片排在桌上，自己則捧著肚子哼哧哼哧地將三名嫌疑人傳喚進來。

邁克狐低頭看著桌上的照片。

第一組照片是浣熊攝影師用連拍手法拍攝的，照片中，一隻藍色的閃蝶作為模特兒，在顏色豔麗的花叢間翩翩飛舞。

第二組照片是獰貓攝影師拍攝的，她用微距攝影的方式，呈現一滴水珠從葉片上緩緩滑落的整個過程。透過水珠，可以看到水珠折射出另一個上下顛倒的世界。

第三組照片是獼猴攝影師拍攝的，他用連拍的方式，拍攝了一隻蜜蜂在空中飛行的軌跡。

邁克狐正看著，三名嫌疑人就吵吵嚷嚷地從門外走了進來，邁克狐皺著眉頭，放下第三組照片看向他們。

「我可是非常忙的，趕快把我放了，否則我就要你們吃不完兜著走！」浣熊攝影師趾高氣揚地威脅道，可是根本沒人搭理他。

獰貓攝影師唰的一下亮出她尖尖的利爪，伸出長滿倒刺的舌頭悠哉地舔著爪子，說：「問問話又怎麼了，你著急難道是因為你心虛？」

浣熊攝影師的臉立刻脹得通紅，他伸長脖子就要衝過去，要不是被獼猴攝影師攔住，他可能就被獰貓的爪子拍成浣熊餅了。

而邁克狐今天卻沒有心情勸架，他十分擔心愛琳娜娜的傷勢，如果愛琳娜娜就是自己猜測的千面怪盜怎麼辦？想到這兒，邁克狐一分一秒也不想耽誤。他把三疊照片都放在桌上，伸手一指，說：「對不起，今天的情況非常緊急，所以我不打算浪費時間。請你認罪吧，獼猴攝影師！」

眾人驚訝地看向呆若木雞的獼猴攝影師，每個人的臉上都是一副不可思議的表情。一向待人友善的獼猴攝影師怎麼可能是肇事逃逸的嫌疑人呢？

獼猴攝影師一臉尷尬，慌忙解釋，「你在說什麼呀？邁克狐

先生。你看我的照片，我可是一整天都在植物公園裡拍攝蜜蜂呀。而且你看，我的照片裡可都是以蝴蝶蘭作為背景的，蝴蝶蘭是今天一早才開花，這組照片就是今天拍的！這是不能作假的事實。」

邁克狐搖搖頭反駁道：「蝴蝶蘭的確是今天才開花，但是你有可能是上一次開花的時候拍的，這可不是你不在場的證據！」

獼猴攝影師又說：「你是大偵探，當然說什麼都有人信，但也不能隨便冤枉人。我確實一直在連拍蜜蜂啊！」

邁克狐的眼睛閃過一道光，質問道：「如果你真的無辜，那你為什麼要撒謊？」

獼猴攝影師大叫：「什麼……什麼撒謊？」

邁克狐將照片按照順序，一張一張排在桌上，指著其中兩張說：「大家能看出這兩張照片中有什麼奇怪的地方嗎？」

頓時，所有人的目光都聚集在照片上，豬警官憨憨地說：「看不出有什麼奇怪的，就是蜜蜂在亂飛呀。」

邁克狐說：「沒錯，豬警官。你發現了最關鍵的線索。我們知道，蜜蜂是一種非常有紀律的昆蟲，即使在飛行時也不例外。」

邁克狐推了下金絲框眼鏡，掃視過在場眾人的表情，繼續說道：「蜜蜂飛行的軌跡是一個細長的數字8，而且飛行軌跡與書寫的方向相反。而按照獼猴攝影師的說法，他拍攝時使用的是連拍模式。這樣的狀態下，單眼相機每秒能夠拍攝六張照片。但是，照片中的蜜蜂竟然沒有任何一組的飛行軌跡可以拼成逆寫的數字8。所以，我推測這些照片是你之前拍好，再臨時拼湊起來的。」

面對邁克狐證據確鑿的推理，獼猴攝影師再也找不出辯解的理由，只能束手就擒。豬警官將手銬戴在他手上的時候，獼猴攝影師痛哭流涕地解釋說：「嗚嗚，我……我不是故意的，我只是不小心撞了人，我太慌張了——」

豬警官喝止道：「不小心撞了人還逃逸，要是被撞的人因此延誤了治療時間，失去了性命怎麼辦？你還是老老實實地在警局接受懲罰，反省反省吧！」

解決了案件，邁克狐匆忙趕到醫院。

啄木鳥醫生告訴他，愛琳娜娜非常幸運，車禍只在她的身上

科學小站

蜜蜂舞

「蜜蜂舞蹈」是奧地利馮孚立 (Karl von Frisch) 博士的研究，他於 1973 年以此獲頒諾貝爾獎。

蜜蜂的工蜂外出發現花蜜或花粉時，為了叫上小夥伴一起前往採蜜，會在蜂群中按 8 字型盤旋飛舞，這是蜜蜂之間特有的傳遞訊息的方法。

牠們跳「8 字舞」來傳達蜜源的方向和距離。小小蜜蜂卻能表現如此複雜的動物行為，真是不可思議呀！

留下了一些擦傷。可是她至今還沒清醒，很有可能是腦震盪留下的後遺症。

邁克狐坐在床邊，看著桌上愛琳娜娜手提包裡的東西，不禁失笑。

他看見的根本就不是白色紙鶴，而是白色的摺紙花。只不過這個摺紙花，經過相機觀景窗放大，乍看之下像是一隻紙鶴罷了。

邁克狐搖著頭放下水果，輕手輕腳地離開了病房。可是他沒看到，愛琳娜娜藏在被子裡的手輕輕地鬆開，手心裡正躺著一隻紙鶴。

03 珍珠之誼

格蘭島南部的湛藍大海上，一艘遊艇正行駛期間，帶起一陣白色浪花。搖晃的船體讓乘客們昏昏欲睡，誰也沒注意到，此時正有兩個人不緊不慢地踏上甲板，飛身越過欄杆，噗通一聲跳進了大海。

別擔心，他們可不是想不開，而是去潛水查案。沒錯，他們正是神探邁克狐和他的助理啾颯。近日，海底幽藍小鎮的居民魔鬼魚小姐丟失了一顆名貴的珍珠，邁克狐接到委託來這裡調查。邁克狐和啾颯穿著特製的潛水服，像兩條靈活的魚兒一樣在海裡穿梭著，他們穿過一大片海草田，不久便來到一座晶瑩剔透的水晶房子前。

魔鬼魚小姐扇動著寬大的翅膀停在門口，顯然已經等了很久。她打招呼道：「你好，邁克狐先生，我叫飄飄，非常感謝你的到來。」

一番寒暄後，邁克狐進入正題。「飄飄小姐，請說明一下案件的經過吧。」

提到盜竊案，魔鬼魚小姐頓時神色黯然，她嘆了口氣，說道：「你們跟我來。」

三人經過一條狹窄的走廊，停在一扇圓形水晶門前。魔鬼魚小姐插入鑰匙，水晶門嘎吱嘎吱地從中間分開，門內是一間球形密室。邁克狐一眼便看到密室中心懸浮著蚌殼狀的水晶匣子，匣子敞開著，裡面什麼也沒有。

魔鬼魚小姐望著空匣子，說：「我昨天清晨發現珍珠不見了，可前天白天它還在。」

邁克狐扭頭看了下水晶門，問道：「房間的鑰匙您都是隨身帶著的嗎？」

魔鬼魚小姐點點頭說：「是的，我一直帶在身邊，從不離身。」

邁克狐歪著腦袋思考著。沒有鑰匙，那小偷是怎麼進來的呢？這間房子一定有漏洞。想到這裡，邁克狐向牆壁游去，仔細觀察著。

這時，啾颯仰著頭，指著房頂喊道：「啾，泡泡，啾！」

邁克狐抬頭一看，果然，一些湯圓大小的水泡正從密室頂端不斷湧出去。

邁克狐咻的一下游了過去，雙眼頓時一亮，原來冒泡的地方有一個錢幣大小的圓孔。

果然不出所料！邁克狐自信地揚起了嘴角。

「看上去這裡是除了大門之外唯一的出入口，小偷可能是從這個洞鑽進來的。」

魔鬼魚小姐看著洞，有些難以置信。

「這麼小的洞怎麼鑽？」

「那不一定，如果是個子小的動物呢？」說到這裡，邁克狐頓了頓，接著問道：「飄飄小姐，您把珍珠放在這裡的這件事，還有其他人知道嗎？」

她微微點了下頭，說：「有三位朋友知道，前天我請他們參觀過。」

「哦？」邁克狐露出一個警覺的眼神。

隨後這三位被叫了過來，他們分別是海蛇環環小姐、章魚柔柔小姐和海龜阿呆先生。

「珍珠被偷了？真的嗎？」海蛇環環嘴巴微張，驚愕地看著魔鬼魚小姐。

魔鬼魚小姐沮喪地點了點頭。這時，海蛇環環和她碰了碰額頭，讓她感覺到一股溫柔的、撫慰的氣息，心情獲得一絲舒緩，說：「環環，你真是我的好姐妹。」

瞭解珍珠被偷的情況後，他們圍著洞口，你一言、我一語地討論起來。

海龜阿呆對著洞口眨巴著眼睛，緩緩說道：「這個洞只有我的眼睛那麼大。」

章魚柔柔一把將他推開，伸出一隻手放在洞口，說道：「確實太小了，這個洞也就夠我伸隻手。」

說到這兒，大家的視線轉向了海蛇環環，環環的身材如同一根細細的繩子，十分苗條。

海蛇環環下意識地往後退了一步，說道：「你們看著我幹嘛？」

章魚柔柔一個伸縮，猛地出現在海蛇環環面前，她上下打量了一番，隨後又看了看洞口，忽然，她像是明白了什麼似的，用質疑的語氣衝著海蛇環環說：「飄飄放珍珠的地方只有我們幾個知道，能鑽過這個洞的只有你吧！」

海蛇環環一下子脹紅了臉，氣憤地說：「你……你是懷疑我？」

章魚柔柔迎著她的目光，毫不退讓。「我也不想懷疑你，可事實再明顯不過了呀。」

「不會是環環。」魔鬼魚小姐突然攔在二人中間，堅定地

說：「環環是我最好的朋友，她才不會做這種事。」

章魚柔柔嘆了口氣，說：「唉，飄飄，你太單純了。」

這時，一直在旁邊靜靜觀察的邁克狐突然開口了，「章魚小姐，如果我沒記錯，你想鑽過這個洞也沒有那麼難吧？」

聽到這話，章魚柔柔身子一顫，說話變得支支吾吾起來，「你……你……你什麼意思？我怎麼可能——」

「的確，你的體型是比洞口大，但你們章魚是軟體動物，身體可以伸縮，不是嗎？」邁克狐一臉質疑地看著章魚柔柔說道。

章魚柔柔氣急敗壞地嚷著，「我是可以伸縮，但也縮不到那麼小啊，你看看我這些手，怎麼鑽？」

就在二人爭論不休的時候，海龜阿呆突然大叫一聲，

「哦！」

他這一聲中氣十足，一改之前慢吞吞的性子。爭辯的聲音頓時戛然而止。

「我想起來了！」海龜阿呆的語氣又慢了下來，「前天晚上十點，有個身影在水晶房外，鬼鬼祟祟。」

「前晚十點，那不正符合珍珠被盜的時間？」邁克狐神色一變，問道：「那個身影是誰？」

「是……」海龜阿呆緩緩伸出手，在章魚柔柔和海蛇環環之間游移不定。

「哎呀，是誰？你急死我了！」章魚柔柔的腕不安分地甩動著，其他人也都繃緊了神經。

終於，他游移不決的手指停住了，指向——海蛇環環！

「你胡說！」海蛇環環激動地反駁道：「我那晚根本沒出門。」

「看到了吧，我就說是環環吧。」章魚柔柔趾高氣揚地看著邁克狐。

邁克狐沒理會她，而是再次詢問海龜阿呆，「海龜先生，你那晚真的見過海蛇小姐嗎？」

海龜阿呆點點頭，肯定地說：「她一身黑環，一扭一扭的，我十分確定。」

海蛇環環氣得兩眼通紅，像是快要哭了。

「我沒有，那晚我在家寫日記，然後就睡覺了。」說到這裡，她望著魔鬼魚小姐，一臉委屈地說：「飄飄，我真的沒有。」

章魚柔柔一下子擋在魔鬼魚小姐的面前。「飄飄，別相信她。」

魔鬼魚小姐落寞地低下頭，避開了海蛇環環的目光。海蛇環環難以置信地看著她，連連後退。「我知道，我現在說什麼也沒用了。」

「環環！」魔鬼魚小姐突然喊了一聲，但是海蛇環環早已飛速轉身，像一道閃電般，從洞口跑了出去。

「看到了吧！」章魚柔柔振振有辭地說：「她這麼輕鬆就從洞口出去了，她不是賊誰是賊？」

魔鬼魚小姐沉默不語，過了半晌，問向邁克狐，「邁克狐先生，現在該怎麼辦？」

邁克狐思索片刻後，開口道：「我想看一下海蛇小姐的房子。」

海蛇環環的家是一座海螺房子，離魔鬼魚小姐的水晶房子不過兩百米的距離，這裡雜亂地生長著一些暗灰色的海草。邁克狐拿出豬警官委託海獺警官送來的搜查令，開始敲門。

屋內靜悄悄的，無人回應。

「請問海蛇小姐在家嗎？」邁克狐對著門內喊了一聲，還是沒有動靜。於是邁克狐繞著房子轉了一圈，很快，他便發現海螺房子的尾部有一個不規則的破洞，像是房子老化導致的。

邁克狐轉身喊道：「魔鬼魚小姐，我們從這裡進去吧。」

魔鬼魚小姐愁眉不展，小聲地說：「你們進去吧，我不想懷疑我的朋友。」

邁克狐沉默了一會兒，心想：「看樣子魔鬼魚小姐和海蛇小姐的友誼的確很深。」

隨後，邁克狐和啾颯從破洞鑽了進去，房內幾件老舊的家具色澤暗淡，油漆也已脫落。這裡簡陋到只需隨便瞟上幾眼，便能看清一切。

海蛇小姐的生活居然這麼窮困，這是邁克狐不曾想到的。

這時，啾颯拍了拍邁克狐，指著桌面叫道：「啾啾，日記，啾。」

邁克狐轉身一看，只見桌上擺著一本厚厚的日記，邁克狐忽然想到海蛇小姐之前的話。

——我沒有，那晚我在家寫日記，然後就睡覺了。

邁克狐微微抬頭，想到了什麼，他快速地翻到了案發那晚的日記。

「三月二十一日，現在是晚上十點，和往常一樣想寫點什麼。今天我的房子破了個大洞，我在想，為什麼我要住這樣的房子，飄飄卻可以住那麼漂亮的房子？她今天還給我看了一顆價值百萬的珍珠。如果這顆珍珠是我的，那該多好呀！賣了它，我就不用住在這個破房子裡面，也能過上飄飄那樣的生活了。可飄飄是我最好的朋友啊，我該怎麼辦？我不能，快停下來，停止這個想法！」

邁克狐讀完日記，心情有些沉重。海蛇小姐的確有奪走珍珠的意圖，不過她似乎也很珍視和魔鬼魚小姐的友情，那她到底是選擇了珍珠，還是選擇了友誼呢？如果珍珠真的是她偷的——等等！

邁克狐感覺哪裡不對勁，他再次查看日記，目光落到了開頭的時間——晚上十點，這篇日記是晚上十點寫的，可海龜阿呆發現海蛇小姐的時間也是晚上十點。

邁克狐頓時精神一振。究竟是海龜撒謊了，還是這篇日記的時間是假的？如果海龜先生撒謊，那他的理由是什麼？如果日記時間是海蛇小姐刻意偽造的，那她為什麼還要在日記裡表露自己有偷珍珠的意圖呢？邁克狐帶著疑惑和啾颯走出了房子。

魔鬼魚小姐得知他們沒有找到珍珠，像是得到一絲安慰，她問道：「珍珠不在這裡，這是不是可以證明環環是無辜的？」

邁克狐想了一會兒，說：「要想證明海蛇小姐的清白，我們至少還要去一個地方。」

魔鬼魚小姐問：「什麼地方？」

「珠寶市場。」邁克狐回答道。

邁克狐覺得，按照日記裡的意思，海蛇小姐很需要錢，如果她拿到珍珠，很可能會盡快賣掉。

珠寶市場位於幽藍小鎮的中心，這裡商鋪林立，金碧輝煌。邁克狐隔得老遠就看到了一片奪目的光芒。

魔鬼魚小姐一邊往前游，一邊介紹道：「這裡的規模很大，但賣珍珠的店卻只有幾家。」

邁克狐點點頭，說：「好，那我們就一家家地查。」他們一連逛了幾家珍珠店，但始終沒發現魔鬼魚小姐的珍珠。

這時，一位螃蟹老闆突然走到邁克狐一行人面前，眨著一雙精明的眼睛，笑道：「我注意您們很久了，幾位貴客眼光很高啊，到處逛都沒看上什麼。」

邁克狐指了指身上的潛水服說：「眼光不高，就沒必要這麼大費周章地從陸地潛到這裡了。」

螃蟹老闆一聽立刻笑著說：「那好，我這裡有一件寶貝，絕對能讓你們滿意。」

聞言邁克狐看了一眼魔鬼魚小姐，魔鬼魚小姐也像是感應到了什麼一樣，眼中滿含期待。

沒過多久，螃蟹老闆捧著一個精緻的盒子得意地走過來。

「貴客請看！」

蓋子揭開，一道耀眼的亮光照射出來，只見一顆無瑕的珍珠靜靜地躺在裡面，有錢幣那麼大，圓潤有光澤，十分誘人。

「就是這顆，這就是我的珍珠！」

魔鬼魚小姐興奮地叫起來，她伸出翅膀就要拿回珍珠！

螃蟹老闆見狀大吃一驚，關上蓋子，將盒子一把抱在懷裡，說道：「什麼你的？開什麼玩笑！」

「我不會看錯，這絕對是我的。」魔鬼魚小姐看向邁克狐，一臉懇切地說道。

邁克狐想了想，走上前對螃蟹老闆鄭重其事地說：「螃蟹老闆，我是格蘭島的偵探邁克狐。你手上這顆珍珠的主人原本是這位魔鬼魚小姐，這顆珍珠被偷了，這才落到了你的手上。」

「邁克狐？」螃蟹老闆突然露出一個慌亂的表情，他瞪著兩顆米粒大的眼珠，仔細端詳著邁克狐，透過潛水鏡，他看到了一張年輕帥氣的白狐的臉。

「你真是神探邁克狐啊？」

螃蟹老闆的眼珠轉了轉，試圖掩蓋剛剛的慌亂，他很快又做出一副理直氣壯的樣子，說道：「這顆珍珠是我出錢買的，現在它就是我的。」

「你出多少錢買的？」邁克狐直視螃蟹老闆，一臉正氣地問道。

螃蟹老闆被他看得有些發毛，氣勢一下子削減了很多，戰戰兢兢地說：「十……十萬。」

「十萬？」魔鬼魚小姐有些難以置信，「這顆珍珠至少值一百萬！」

螃蟹老闆小聲嘟囔著，「那沒辦法，賣家不懂行情，一個願打，一個願挨嘛。」

邁克狐問：「這顆珍珠是誰賣給你的？」

「這個嘛……」螃蟹老闆支支吾吾起來。

邁克狐提高音量，嚴厲地說：「你想包庇罪犯嗎？」

螃蟹老闆嚇得一哆嗦，不情不願地開了口，「是一條海蛇。」

說完之後，他趕緊補充道：「你們可不能說出去啊，我們這一行的客戶資訊都是隱私，要是被人知道我透露隱私，以後生意就沒法做了！」

這話一出，魔鬼魚小姐像是觸電似的，渾身一顫，隨後陷入失落。

「你確定是一條海蛇？」邁克狐又問了一遍。

螃蟹老闆拍著胸脯說：「確定，她一身黑色環紋，細長的身子，不是海蛇是什麼？」

回去的路上，魔鬼魚小姐獨自默默地走在前面，邁克狐和啾颯遠遠跟著。邁克狐知道，魔鬼魚小姐現在需要安靜。被自己最好的朋友欺騙，這的確是件傷心事。

案情看起來已經很清晰了，偷珍珠的就是海蛇環環。在珍珠和友誼的問題上，海蛇環環最終還是選擇了珍珠，選擇了那一百萬，不對，是十萬。

「十萬？」邁克狐突然想到什麼。

「啾，怎麼了，啾！」啾颯好奇地看著邁克狐。

「啾颯，你還記得嗎，海蛇小姐的日記裡是不是提到珍珠價值百萬？」

啾颯想了想，點點頭，仍舊疑惑地看著邁克狐。邁克狐眨眨眼睛，像是在啟發啾颯。

「啾颯，既然海蛇小姐知道珍珠的價值，怎麼會以十萬的價格就將珍珠賣掉呢？況且她本身就很缺錢。」

啾颯一下子興奮地跳了起來，說道：「啾，不合理，啾。」

邁克狐長長地舒了一口氣，說道：「所以，海蛇小姐可能並不是小偷。」

啾颯連連點頭，隨後蹬著小短腿，撲騰著小翅膀，向前游去，他迫不及待地要將這個推論告訴魔鬼魚小姐。

可是不一會兒，啾颯停了下來，原來章魚柔柔不知道什麼時候出現了，正在和魔鬼魚小姐說話。

「飄飄，你別難過了，等抓住了環環，讓她賠償損失就是了。」章魚柔柔身子一伸一縮，面對魔鬼魚小姐說。

魔鬼魚小姐搖了搖頭，說：「我不是因為這個難過，我難過的是我最好的朋友居然會偷我的東西。」

說完，魔鬼魚小姐嗚嗚嗚地哭了起來。章魚柔柔伸過兩條腕，抱住魔鬼魚小姐。

「飄飄，不是還有我嘛，我也可以是你最好的朋友啊。」

邁克狐和啾颯在遠處靜靜地看著，邁克狐突然開口道：「啾颯，你有沒有覺得章魚小姐很可疑？」

啾颯聽邁克狐這麼一說，想了想，搖頭道：「啾，洞口，啾。」

邁克狐撇了撇嘴，道：「啾颯，相信我，章魚小姐可以鑽過那個洞口，章魚的身體非常柔軟。」

啾颯半信半疑，突然，他又搖了搖頭，「啾，黑環，不對，啾！」

邁克狐咬著嘴唇，陷入沉思，「的確，海龜先生和螃蟹老闆都說自己見到的是一條長著黑環的海蛇，我也是這點沒想通。」

「啾，除非變身，啾。」啾颯不經意間說道。

邁克狐指了指啾颯的腦袋，說：「啾颯，查案要靠證據和線索，不是靠胡思亂想。」

可話剛說完，他的手就停在了半空。

「等等！變身……」邁克狐思索著什麼，突然，他露出一個恍然大悟的表情。

「啾颯，我想到了一種可能。」

邁克狐微微一笑，向魔鬼魚小姐和章魚小姐游去。「章魚小姐，你怎麼在這兒？」

章魚柔柔沒好氣地瞥了一眼邁克狐，輕蔑地說：「飄飄的珍珠丟了，我總得關心一下吧。見她不在家，我就出來找她，不行嗎？」

邁克狐沒有理會她的傲慢，繼續說道：「看樣子你都知道了？」

「那當然，飄飄都跟我說了，就是環環偷的珍珠，更氣的是她居然還賣掉了。」章魚柔柔表現得很氣憤。

邁克狐假裝漫不經心地說：「是呀，價值百萬的珍珠就賣了十萬，真是太沒眼光了。」

「你們不要這麼說她。」魔鬼魚小姐懇切地說道，看樣子她依舊很在乎海蛇環環。

「一百萬?!」

這時，章魚柔柔卻發出一聲尖叫，眼珠子都要蹦出來了。這一切都被邁克狐看在眼裡，他發現章魚柔柔的眼裡不光有驚訝，明顯還有憤怒。

邁克狐暗暗一笑，說：「是呀，一百萬啊！這老闆太奸詐了。」

說完，他衝著啾颯眨了眨眼，啾颯心領神會，臉上卻不露聲色，二人像是在計畫什麼。

到了傍晚，珠寶市場漸漸安靜下來，螃蟹老闆打了個哈欠，緩緩關上店門。突然，一股強大的力量把門撞開，螃蟹老闆被撞得連翻了幾個跟頭。

啾颯偵探筆記

事件：魔鬼魚小姐的珍珠丟了

地點：格蘭島南部的大海

已知線索：

1. 海龜阿呆發現海蛇小姐的時間，與海蛇小姐寫日記的時間________，但海蛇小姐在日記裡表露________的意圖，所以日記的時間是________的。

2. 珍珠賣了________，海蛇小姐知道珍珠價值________，所以海蛇小姐可能__________。

3. 章魚小姐聽說珍珠價值________，表現得________。

4. 章魚是________動物，身體可以________。

看著這些線索，啾颯的腦袋裡一團亂麻。小偵探你有什麼想法？在這裡寫下你的猜測吧：

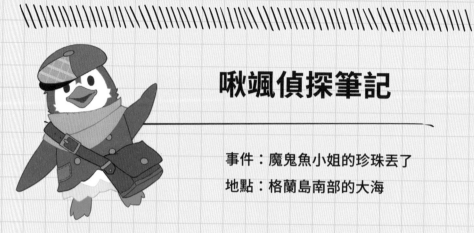

「誰呀？」

螃蟹老闆摀著頭，抬眼一看，只見一條全身布滿黑環的海蛇高高豎起身體，怒氣沖沖地向他游來。

海蛇的聲音很尖，她扭著身子逼視著螃蟹老闆，罵道：「你這個騙子，我一百萬的珍珠，你就給了我十萬，你也太黑心了吧！」

螃蟹老闆認出對方，他壯著膽子，哆哆嗦嗦地說：「你……你這個小偷居然敢找上門來，你差點給我惹出麻煩，信不信我報警！」

「你敢就試試看。」那條海蛇突然身子一脹，也不知從哪裡噴出一大口黑色的墨汁來，螃蟹老闆一下子被弄得暈頭轉向，不

知所措。

海蛇吼道：「快把剩下的九十萬給我！」這時，外面突然傳來一個淡定的聲音。

「海蛇小姐，你在這兒呀。」

是邁克狐！原來，他和啾颯已經潛伏在店外很久了！

「你們來得正好。」螃蟹老闆指著海蛇說：「她就是賣給我珍珠的人，她就是賊。」

那條海蛇一下子呆住了，剛剛盛氣凌人的架式霎時全都消失。邁克狐將她上下打量了一番，她長長的身子微微扭動，上面的黑色環紋十分醒目。

邁克狐淡然一笑，說：「你裝得的確很像，章魚小姐。」

那條海蛇的聲音有些顫抖，「你說什麼，我聽不懂。」

「你還不承認嗎？我可是第一次見到會噴墨的海蛇。」邁克狐的目光顯得更具威懾力了。

海蛇的身體像是凝固了一樣，突然，她一個震顫，黑色的環紋變成了褐色的斑點，她的身體迅速展開，露出一條條腕，居然變成了章魚柔柔小姐！

「果然是你。」邁克狐嚴肅地說道。

章魚柔柔見自己被拆穿，態度反倒十分強硬，她冷笑道：「你是什麼時候開始懷疑我的？」

邁克狐迎著她的目光，冷靜地說：「從你假裝鑽不過那個洞時，我就開始懷疑你，只是海龜先生和螃蟹老闆的話讓我一時捉摸不定。直到後來，我突然意識到，章魚家族中有一個獨特的品種——擬態章魚，他們可以調節自身的顏色，並憑藉出色的模仿能力，模仿成其他生物的樣子來迷惑別人。你就是一隻擬態章魚，你故意扮成海蛇小姐，想讓她當你的代罪羔羊，我說得沒錯吧！」

章魚柔柔漫不經心地笑了笑，說：「想不到我這瞞天過海的計策也被你發現了，邁克狐，你果然厲害，只不過，就算你知道真相，那又怎樣！」

章魚柔柔的身體突然迅速膨脹、收縮，噴出一團黑墨。

「哈哈哈！」她大笑著溜走了。

邁克狐和啾颯趕緊撥開面前的汙水，一路追趕，他們追到一

科學小站

擬態章魚

擬態章魚是自然界中的頂級偽裝高手，這種身體非常軟的動物可以任意改變自身的顏色和形狀，模仿多種海洋生物，如比目魚、海蛇、海葵等。

擬態章魚的身體有數萬個色袋，藉由放鬆或收縮色袋，牠們可以在不到一秒的時間內，就讓自己與任何背景顏色及圖案一致，是不是很厲害呢？

片開闊的海床，卻發現章魚柔柔突然不見了。

邁克狐說道：「啾颯，仔細觀察水下，章魚柔柔可以變色。」

突然，邁克狐注意到下方一團灰色的泥塊像是動了一下，那個泥塊見到自己被發現，身子一抖，又變成了章魚柔柔。

「站住！」

邁克狐再次追擊，這次他們經過一片五彩繽紛的珊瑚礁。他攔住一條晃悠悠的比目魚，問道：「請問你見過一隻章魚嗎？」比目魚搖了搖頭，擺著尾巴游走了。

「慢著！」邁克狐突然意識到了什麼，他猛一轉身，發現比目魚又變成了章魚柔柔。

章魚柔柔扭著身子得意地笑道：「邁克狐，這裡是大海，你想抓我，沒那麼容易，哈哈——」

她的笑聲未落，突然！一個敏捷的身影閃電般襲來，一下子撞上了她。

章魚柔柔驚惶失措地將身體穩住，抬眼一看，驚訝道：「環環，是你！」

海蛇環環一臉憤怒地看著章魚柔柔，讓她有些害怕了。

章魚柔柔說：「環環，是我不對，我跟你認錯，你放過我吧。」

海蛇環環憤怒地說：「你破壞我和飄飄的關係，還存心誣陷我，我非抓住你不可。」

章魚柔柔眼見情勢危急，心急如焚。突然，她身子一縮，鑽進了一個乒乓球大小的洞。

海蛇環環立刻捲起一塊石頭，塞住洞口，說：「我看你怎麼出來！」

章魚柔柔發現這裡沒有別的出口，意識到自己被困住了，扯著嗓子大喊救命。

邁克狐和啾颯隨後有氣無力地趕了過來，這一路可把他們游得筋疲力盡。

「啾，進去了，啾！」啾颯喘著氣驚奇地說道。

邁克狐點點頭，說：「這下子你信了吧。好了，章魚小姐，再要說什麼，就到警察局去說吧！」

過了一會兒，魔鬼魚小姐扇著翅膀急匆匆地趕了過來。

「環環！」

「飄飄！」

海蛇小姐迎了上去，而魔鬼魚小姐一臉歉意地看著海蛇環環說：「對不起，我不該懷疑你。」

海蛇環環搖了搖頭，也是一臉慚愧。

「這不關你的事，原本我也起過壞念頭，不過我戰勝了它，因為你是我最好的朋友啊。」

兩姐妹相視一笑，碰碰額頭，重新和好。

邁克狐感到十分欣慰，海蛇小姐果然承受住了考驗，選擇友誼，這可是一份比珍珠還要珍貴的友誼呀！

04

博物館謎影

在格蘭島的某個地方，電視螢幕中格蘭島電視台的明星主持人——小奇鴿，正激情澎湃地播報著關於時光博物館的新聞：

「觀眾朋友們，現在播報一則重要新聞！經過五年的修建，格蘭島時光博物館將在本周日重新對外開放！屆時，博物館不僅有全新的花瓣展廳隆重亮相，還將展出博物館的鎮館之寶，也是全格蘭島最受矚目的寶貝——格蘭島之心……」

電視機前的一個身影露出了神祕的微笑。「哈哈，終於等到格蘭島之心重新露面了，這次，我就不客氣地收下啦。」

一縷金色的陽光在格蘭島北部森林灑下，照耀著神探邁克狐的茶壺別墅屋頂。屋子裡靜悄悄、黑漆漆的，只聽得見呼嚕聲此起彼伏。邁克狐和啾颯都還在舒舒服服地睡覺呢！

忽然，一陣急促的敲門聲響起，打破了早晨的安寧。

「邁克狐，開門！我知道你和啾颯已經回來了，快開門！」

邁克狐聽出這是豬警官的聲音。他睜開惺忪的睡眼，穿著睡衣，不慌不忙地為豬警官開門。

「呵啊——豬警官，早啊。」邁克狐打著哈欠朝豬警官問好。

豬警官聳聳鼻子，回答道：「哼哼，早什麼早！」豬警官走進位於茶壺別墅一樓的邁克狐偵探事務所，一把拉開窗簾，燦爛的陽光頓時照亮了屋子。「我都在北部森林巡邏一圈了，你們居然還沒起床！」

邁克狐不好意思地笑了笑，畢竟現在時間確實已經不早了，他趕緊轉移話題，「豬警官，你這次急匆匆地來找我是有什麼事嗎？」

「當然是有重要的事！」豬警官的表情變得嚴肅起來，他解開制服的扣子，從裡面的夾層掏出一枚信封。信封被打開之後，一張白色卡片露了出來。

「你看看這個。」豬警官一邊說，一邊將卡片遞給邁克狐。

邁克狐接過白色卡片，一下子就睡意全消，眼睛睜得大大的。他絕對不會認錯，這是一封千面怪盜的預告信！

預告信上，千面怪盜用大家熟悉的花體字寫道：

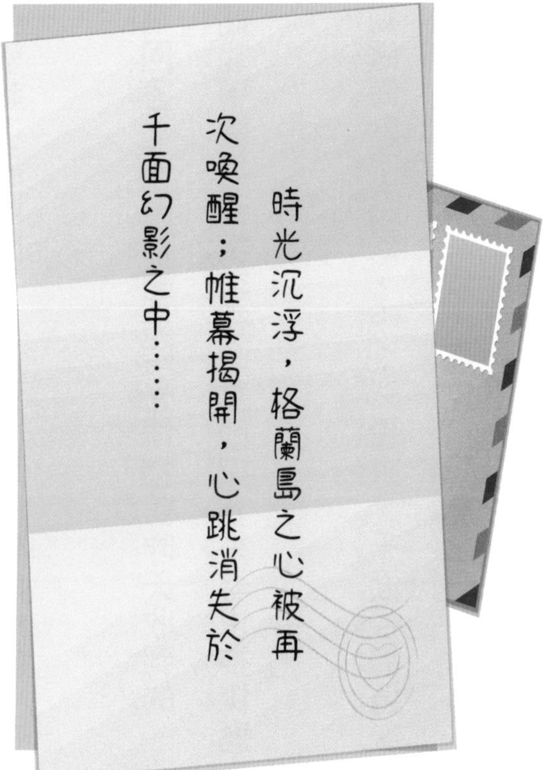

時光沉浮，格蘭島之心被再次喚醒；帷幕揭開，心跳消失於千面幻影之中……

邁克狐皺起了眉頭問：「這張卡片是什麼時候、在哪兒收到的？」

豬警官回答：「是格蘭島時光博物館昨天收到的。收到卡片之後，格蘭島警察局非常重視，立即讓我來尋求神探邁克狐的幫助。」

邁克狐緩緩點了點頭，說：「看來，千面怪盜這次的目標是要在博物館重新開放的時候，盜走格蘭島之心。」

「那可不行！」豬警官激動地揮動著蹄子，「格蘭島之心可是格蘭島最珍貴的寶貝。邁克狐，你一定要幫助我們，不能讓這個千面怪盜得手！」

「放心吧。」邁克狐依舊沉著冷靜，眼睛閃現出一抹堅定的光芒，道：「啾颯，收拾一下，我們馬上前往格蘭島時光博物館。」

啾颯興奮地舉起翅膀，答應道：「好，啾！」

豬警官開車載著邁克狐和啾颯來到了格蘭島的中部平原，時光博物館就位於此處繁華的城市裡。

豬警官舉著蹄子，指向前方一棟漂亮的建築物，說：「看，前面就是大名鼎鼎的格蘭島時光博物館！」

啾颯轉動著小腦袋，從車窗往外望去，不由得發出一聲讚嘆，「啾！好漂亮啾！就像……一朵玫瑰啾！」

邁克狐抬眼望去，看到博物館果然像一朵巨大的白色玫瑰花，從平原上拔地而起。這朵由鋼筋水泥築造起來的玫瑰，在空中綻開一片片花瓣，交錯的花瓣穩穩地半懸於空中，它們全靠著玫瑰花中間一根粗壯的石柱連接和固定。

「不愧是陳列格蘭島重要文物、記錄格蘭島歷史發展的時光博物館！」邁克狐讚嘆道：「這應該是格蘭島上最壯觀的建築了吧。」

汽車在博物館門口緩緩停下。豬警官帶著邁克狐和啾颯走進博物館。

這時，一隻陸龜慢吞吞地走上前來，又慢吞吞地伸出了自己的爪子。

「你們好，我是，格蘭島時光博物館的，館長。」陸龜館長慢吞吞地說：「我將，帶你們，參觀，博物館。」

邁克狐伸出自己的爪子，禮貌地和陸龜館長握了握。然而陸龜館長的動作實在是太緩慢了，一個簡單的握手動作居然持續了兩分鐘。

豬警官有些心急，催促道：「呃……就不需要一一握手了，您還是趕緊帶我們熟悉一下博物館的情況吧，畢竟千面怪盜可能已經在路上了。」

陸龜館長緩緩點了點頭，說：「好，這邊，請。」一走進博物館的展廳，邁克狐、豬警官、啾颯就不約而同地「哇」了一聲。讓他們驚訝的不是展廳裡展出的珍貴寶物，而是他們發現，他們身處於懸空的花瓣建築之中。

邁克狐恍然大悟，說：「原來，每一片花瓣就是博物館的一個展廳。」

陸龜館長的臉上慢慢露出驕傲的表情，慢吞吞但堅定地說：「沒錯。格蘭島上，生活著，許多不同的，動物，每種動物，都創造，出了，自己的文明，所以，我們，按照，生存環境的不同，建造了，多個，花瓣展廳。有冰原文物展廳、天空文物展廳、深海文物展廳，等等……所有的，花瓣展廳，合在，一起，就，組成一朵，絢爛的，格蘭島文明之花。」

啾颯聽了，由衷地發出讚嘆，「太厲害了啾！」

在陸龜館長帶領下，邁克狐他們來到了博物館的中央展廳。這個展廳在博物館正中間，被其他花瓣展廳簇擁著，就像被花瓣包圍的花蕊。

「啪」的一聲，陸龜館長打開了燈。寬敞的展廳亮了起來，一束明亮的燈光照射著展廳中央的一個玻璃櫃子。櫃子裡陳列的寶物反射出一道光芒。

豬警官瞪大了眼睛，不確定地說：「哼哼，難道這就是……」

陸龜館長點點頭，肯定道：「沒錯，這，就，是我們博物館的，鎮館之寶，格蘭島之心。」

邁克狐和啾颯也湊上去，眼睛眨也不眨地看著格蘭島之心。原來，格蘭島之心是一條項鍊，純金的項鍊上雕刻著古老的文字，在項鍊的中間，則鑲嵌著一顆水滴狀的透明珠子。

「閃閃發光啾，但是……珍貴啾？」啾颯有些不解地問，不明白這條項鍊為什麼能成為博物館的鎮館之寶，畢竟現在珠寶店裡有很多比這條項鍊更華麗的首飾呢！

陸龜館長輕輕眨了眨眼睛，說：「這條，項鍊，可是，格蘭島，第一任萊恩國王，親手鑄造的。關於這條項鍊，還有，一個古老的傳說。你們，要聽嗎？」

豬警官有些糾結地撓了撓頭，回答說：「想聽是想聽，就是，你的語速得快一點，不然千面怪盜都來了，你可能還沒講完……」

「好，好，」陸龜館長加快自己的語速，講解起來。

「相傳在很久很久以前，格蘭島的動物們都有了智慧，發展出了各自的文明。然而各種動物之間爭鬥不斷，格蘭島處於一片混亂之中。這時，第一任萊恩國王憑藉著自己的威信和魄力，鎮住全島，並要求所有動物放下紛爭，和平相處。

「可惜，動物們在背地裡還是相互敵視。格蘭島上矛盾重重，萊恩國王十分苦惱。在這樣的情況下，萊恩國王親手鑄造了格蘭島之心，並對所有動物說，哪種動物能夠打碎格蘭島之心中間這顆水滴狀的珠子，牠們就能不受約束，凌駕於其他動物之上。否則，所有動物都必須遵守國王的命令，不得破壞格蘭島的和平。

「動物們聽了之後，紛紛摩拳擦掌，躍躍欲試。然而，所有動物的首領，無論他的力量有多大、無論他使用的是利爪還是尖牙，都不能擊碎這顆珠子。

「所有動物心服口服，從此，格蘭島的動物在萊恩國王的帶

領下，度過安寧的生活，而格蘭島之心作為格蘭島和平的象徵，便和這個故事一起流傳了下來。」

啾颯聽得入迷，出神地望著格蘭島之心，喃喃自語道：「啾，傳奇啾。」

「所以，這個神奇的格蘭島之心，就成了鎮館之寶。」陸龜館長繼續說道：「時光博物館經過最後的裝修，明天就要正式開放了，你們一定要幫忙，守住格蘭島之心！」

豬警官用蹄子擦亮了帽子上的警徽，自信滿滿地說：「沒問題！」

邁克狐也鄭重地點了點頭。

邁克狐就和豬警官一起商量了許久，終於確定了一系列的保全計畫。他信心滿滿地想：「等著吧，千面怪盜！這次我一定不會讓你得手！」

隔天，格蘭島時光博物館正式開放了！第九十九任萊恩國王出席了博物館的剪綵儀式。前來參觀的動物絡繹不絕，在各個展廳前大排長龍。

而在來來往往的遊客中，有個小小的身影穿梭個不停。他戴著一頂小小的貝雷帽，拿著一副小小的望遠鏡，臉上的神情異常專注。

是啾颯！原來，作為神探邁克狐的助理，他正在博物館裡四處巡邏，留意千面怪盜的蹤影。這時，啾颯忽然激動地叫了起來：「啾！啾啾！」

難道，他已經發現千面怪盜了嗎？

啾颯激動地向前走去，在展廳的一張照片前停下腳步。他昂著頭，呆呆地望著照片。原來，他看到的不是千面怪盜，而是一張邁克狐年輕時的照片。

「照片上是格蘭島北部森林第一位被克里特國際學院錄取的學生——邁克狐，他當時可是被視為天才呢。」一個輕柔的聲音解說著。啾颯轉過頭，看見一隻拎著背包、風度翩翩的白鶴站在他身旁。剛剛正是這隻白鶴在說話。

「啊，是白鶴教授！」有遊客驚訝地說。

剛剛說話的白鶴，也就是白鶴教授，輕輕點了點頭，面帶溫柔的笑容。

想不到博物館裡還掛著邁克狐的照片！啾颯從地上蹦了起來，激動地揮舞著爪子，說：「啾！我認識啾！」興高采烈的啾颯，帶著白鶴教授來到了正在中央展廳巡邏的邁克狐面前，介紹說：「看，邁克狐啾！我，助理啾！」

哪知白鶴教授忽然發出一聲冷笑，「什麼？你說邁克狐是你的助理？哈哈！」

白鶴教授看了一眼邁克狐，繼續說：「確實，當初的天才變成了蠢材，只夠當個助理啦！現在，他可是被千面怪盜耍得團團轉呢！」

邁克狐看著白鶴教授，尷尬地笑了笑。突然，他面前的白鶴教授往後一跳！邁克狐心裡一驚，反應過來，一下子伸出爪子，想要抓住白鶴教授。然而為時已晚，千面怪盜偽裝的白鶴教授向後一閃身，就在這一瞬間，展廳裡的燈光忽然熄滅，邁克狐眼前一黑，千面怪盜消失在了黑暗之中。

不過邁克狐早有準備，他立刻拿起對講機說：「豬警官，啟動備用照明裝置！千面怪盜已經進入了中央展廳！」

一聲刺耳的警笛響起，早已在一旁待命的警衛衝了進來。啪的一聲，緊急照明燈被打開，燈光將展廳重新照亮。然而，眼前的一幕卻讓邁克狐難以置信地揉了揉眼睛。展廳裡，居然同時出現了好多個一模一樣的千面怪盜！

「抓住他！」

幾個警衛朝向其中一個千面怪盜撲了過去，結果只聽見嘩啦

一聲，警衛們摔倒在地，撲了個空。

「是鏡子！」邁克狐皺起了眉頭，說：「千面怪盜一定是趁著裝修的時候，在展廳裡安裝了許多面鏡子，鏡子一齊翻轉，到處都是他的幻影。」

鏡子被警衛一面面撞破，然而千面怪盜的真身此時已經打碎了展櫃，將格蘭島之心裝進背包，準備逃之夭夭了。

千面怪盜嘻嘻一笑，說：「笨蛋大偵探，這一幕也值得拍下來留作紀念喲！」

隨後他跳出窗外，再一個前滾翻，穩穩地落地，朝遠處跑去。

啾颯著急地撲打著翅膀。「啾！怎麼辦啾！」

邁克狐此時卻一點都不慌張，他再次拿起對講機。「豬警官，化裝成白鶴教授的千面怪盜逃了出去，他極有可能乘坐千紙鶴飛走。通知飛鳥巡邏隊封鎖博物館上空！」

豬警官的聲音從對講機另一頭傳來，「好的，收到！」邁克狐裹緊自己的風衣，帶著啾颯，緊隨著千面怪盜追了出去。

博物館外，到處都是嗚嗚作響的警車，天空已經被飛鳥巡邏隊牢牢封鎖了。

白鶴教授在博物館門口四處張望。就在這時，一輛計程車恰好停在他的面前。白鶴教授攔下計程車，立刻鑽了進去。

由於大部分警力都部署在空中，所以地面的包圍並不縝密。眼看計程車快要帶著白鶴教授逃出包圍圈，一輛警車猛地一個急煞，停在了邁克狐和啾颯面前。

豬警官對他們說：「快上車，我們去追千面怪盜！」

邁克狐和啾颯趕緊跳上豬警官的車。豬警官狂踩油門，猛打方向盤，一路飛馳，和另外幾輛警車一起，緊緊追在那輛計程車後面。

開出去一段距離之後，計程車在街邊停下了，白鶴教授又從車裡下來，腳步匆匆地朝前走去。計程車再次啟動了。

「哈哈！千面怪盜，這次看你往哪裡逃！」豬警官得意揚揚地說，然後就要把車停下。

邁克狐卻拍了拍豬警官的肩膀，堅決地搖了搖頭，說：「別停！繼續跟著這輛計程車往前開！」

「啊？」豬警官十分不解，「為什麼還要追這輛計程車呢？哼哼，馬上就要抓住千面怪盜了，卻要把功勞讓給其他警察……」

豬警官忽然一拍腦門，說：「我知道了！這個計程車司機很可能是千面怪盜的同夥！不過，我還是更想親手抓住千面怪盜……」

邁克狐卻微微一笑，拿起一個棒棒糖塞進嘴裡。「其實，這個計程車司機才是真正的千面怪盜！」

豬警官納悶了，問：「計程車司機才是千面怪盜？怎麼可能！你可是親眼看到千面怪盜化裝成白鶴教授，盜走格蘭島之心的。」

邁克狐吃著棒棒糖，不慌不忙地解釋說：「其實很簡單。千面怪盜先化裝成白鶴教授混入博物館，盜走了格蘭島之心。然後在逃跑的時候，又化裝成計程車司機，開著準備好的計程車，在門口接走了正要搭車的白鶴教授。這樣，等到白鶴教授下車的時候，所有警察都會去追捕白鶴教授，而真正的千面怪盜就可以帶著格蘭島之心，神不知鬼不覺地消失了。」

豬警官感嘆道：「真是狡猾的千面怪盜！邁克狐，你是怎麼發現的呢？」

邁克狐微微一笑，說：「一輛計程車闖進警察的包圍圈之中，已經引起了我的懷疑。更重要的是，千面怪盜拎著一個用來裝格蘭島之心的背包，而在博物館門口等車的白鶴教授卻沒有背包。這說明上車的是真正的白鶴教授。而千面怪盜則是把背包放在車裡的計程車司機！」

豬警官一拍腦門，稱讚道：「不愧是邁克狐，太厲害了，我怎麼沒想到呢！」

邁克狐自信地說：「現在，千面怪盜看到警車都去追捕白鶴教授，應該已經放鬆了警惕。只要我們悄悄跟在後面，就一定能抓住他。放心吧，一切都在我的掌握之中。」

「嗯！」豬警官信服地點點頭，小心開著車，不遠不近地跟在那輛計程車後面。

過了一會兒，計程車在一條小巷的盡頭停了下來。車門緩緩打開，一個身影從車上下來。邁克狐他們睜大眼一看，果然，從車上下來的正是披著魔術斗篷、戴著魔術帽的千面怪盜！他的身上還背那個裝著格蘭島之心的背包。

豬警官激動地跑過去，喊道：「站住！千面怪盜，這次你逃不掉了。」

「哦？」千面怪盜有些驚訝地轉過頭來，看到了豬警官，也看到了站在他旁邊的邁克狐和啾颯，隨後發出一陣清脆的笑聲。

「哈哈哈，大偵探，想不到你還有點智商嘛！」

邁克狐推了推自己的金絲框眼鏡，說：「千面怪盜，我已經識破了你的偽裝，束手就擒吧！」

誰知，千面怪盜雙手交叉在胸前，一點也不慌張，反而囂張地說：「識破了有什麼用？我已經拿到格蘭島之心了，你們幾個有本事就來抓我啊！」

說完之後，他一個縱跳，跳到牆邊，然後攀著牆邊的縫隙，敏捷地向上爬去。

豬警官和啾颯趕緊追過去，可是他們兩個圓滾滾的身體一爬上牆，就滑了下來。

啾颯貼在牆邊，著急地說：「啾！跑了啾！」

眼看千面怪盜越爬越高，邁克狐不慌不忙地把棒棒糖吃完，沉著地說道：「千面怪盜，你有沒有想過，你偷的不是真正的格蘭島之心？」

這句話像閃電一樣擊中了千面怪盜。只見他停下攀爬的動作，懸在牆邊，有些不相信地轉過頭來，問：「你說我拿到的格蘭島之心是假的？」

邁克狐搖搖手指，說：「我早就料到你會突破重重包圍，所以博物館裡陳列的並不是真正的格蘭島之心。」

「不可能！」千面怪盜難以置信地說。

邁克狐繼續不動聲色地說：「你應該也聽說過關於格蘭島之心的故事，項鍊中間的珠子，無論多麼力大無比的動物，都不能將它打碎。但是你手裡的格蘭島之心的珠子，早已經被我換成

了玻璃，你不信的話，就輕輕捏著它的尾巴，它馬上就會四分五裂。」

千面怪盜懷疑地看了看邁克狐，最後決定一試。他拿出格蘭島之心，像邁克狐說的那樣，捏住水滴狀珠子那根細細的尾巴，只是稍稍一用力，啪的一聲，珠子就碎裂成無數小小的碎片，化成粉塵飄散在空中。

「啊！」千面怪盜驚叫了一聲，「真的是冒牌貨！沒意思。算了，反正我也看到了項鍊上的銘文，假項鍊就還給你們吧。」

千面怪盜扔下項鍊，從牆邊一躍而起，坐到一隻千紙鶴上，朝空中飛去。然而，此時空中卻落下一張大網，將千面怪盜緊緊罩住。千面怪盜應聲摔到了地上。

「在你檢查項鍊的時候，我已經讓啾颯報告了空中巡邏隊。千面怪盜，這次你插翅也難飛了。」邁克狐說道。

豬警官邁步衝了過去。「哈哈，讓我親手抓住你，看看你的真面目吧！」

「可惡！」千面怪盜掙脫身上的網，取出魔術帽裡藏著的煙霧彈，咻的一聲，地面升起一團白色的煙霧。刺鼻的煙霧讓大家都摀住了鼻子，等煙霧消散後，千面怪盜卻不見了蹤跡。

豬警官愣在原地，左右張望。「哪……哪兒去了？」

邁克狐環視了一圈，說：「應該是跳到旁邊的小河裡游走了。這個千面怪盜，真是上天入地無所不能。」

豬警官撿起千面怪盜扔下的項鍊，仔細瞧了瞧，問：「邁克狐，你是什麼時候把這條假項鍊放上去的？」邁克狐咧嘴一笑，回答：「博物館裡怎麼能展出假的項鍊？這是真的格蘭島之心！」

豬警官滿臉不信地說：「你又騙我！哼哼，那麼多力大無比的動物都弄不碎的格蘭島之心，怎麼會被千面怪盜一捏就碎？」

「其實，格蘭島之心的珠子本來就是玻璃做的。萊恩國王鑄造它的時候，是把熔化的玻璃滴進水中冷卻，得到了一顆水滴狀的玻璃。這樣製造出來的玻璃有特殊的結構應力，它的頭部堅硬無比，無論怎樣都打不碎，但只要捏住它的尾巴輕輕一用力，就會全部碎掉。」邁克狐解釋道。

「那……」豬警官緊張起來，「我們把真的格蘭島之心弄碎了，陸龜館長不會生氣嗎？」

然而，出乎意料的是，陸龜館長一點也不生氣。他把修復好的格蘭島之心重新放到時光博物館的展廳裡，高興地說：

「這麼多年啦，格蘭島之心中間的珠子已經碎過好幾次了。之前那顆珠子是不久前才換上去的。格蘭島之心之所以珍貴，不是因為這顆珠子，而是因為項鍊上刻著的是萊恩國王為格蘭島制定的第一條法令，這條法令是：用和平哺育文明，就像用陽光照耀生命。」

雖然這次千面怪盜沒能得手，但是邁克狐也沒能抓住他。從時光博物館回來後，邁克狐拉開抽屜，取出一個盒子。盒子裡裝著幾張寫著花體字的卡片，那都是這段時間他與千面怪盜交手的證明。

「你等著吧，千面怪盜，」邁克狐堅定地說：「總有一天，我會抓住你。」

科學小站

魯珀特之淚

格蘭島之心中間的珠子是水滴狀的玻璃。這種玻璃是由熔化的玻璃在重力下自然滴入冰水中形成的哦！這種玻璃擁有一種特殊的應力結構，從而使它具有神奇的物理特性：玻璃頭部十分堅硬，能承受高達八噸的壓力唷！

然而，若是抓住它纖細的尾巴，只要稍稍用力，整個玻璃就會瞬間碎裂。相傳，是十七世紀時，魯珀特親王首先發現了這種玻璃的神奇之處，又因為它的形狀像一滴淚珠，所以被稱為「魯珀特之淚」。

05

失蹤的孩子

「啾啾啾，啾啾啾……」邁克狐偵探事務所裡，啾颯哼著歌在房子裡跑來跑去。「蘑菇乾、水果乾、大自然餐廳特產小魚乾啾……」只見他忙不迭地將許多物品分門別類塞進快要爆炸的行李箱，一張小臉布滿笑容。啾颯這麼開心，是要去哪兒呢？

原來，啾颯前幾天收到一封來自父母的信，現在正收拾東西要去和家人團聚呢！自從啾啾島毀滅之後，啾啾們就乘著船，藉由大海的航路，奔向世界各地，大家勤勞地工作賺錢，因為他們都有一個共同的目標，就是重建已經毀滅的啾啾島。而啾啾一族有個傳統，就是啾啾在成年之後都要離開父母，獨自出去工作。於是啾颯成年之後，就跟其他啾啾一樣，勇敢地踏上了旅程，啾颯來到了格蘭島，誤打誤撞地開始了自己的偵探之旅。啾颯的爸爸媽媽則在另一個島嶼工作、生活，這段時間他們一直靠書信聯繫。最近，他們到了格蘭島附近的伊比利島。啾颯聽到這個消息興奮極了，趕緊開始收拾行李，要把格蘭島的特產都帶過去，送給自己好久沒見的爸爸媽媽。

「啾，還有這個，這個……」

啾颯在房子裡不停地跑來跑去，恨不得把所有東西都塞進行李箱裡。邁克狐被嚇了一跳，問道：「啾颯，這麼多東西，你背得動嗎？」

「啾，裝不下了啾。」啾颯這才回過神來，他緊皺著眉頭挑來挑去，最後不捨地掏出一些不重要的東西，將已經爆開的背包拉上拉鍊。

「啾，邁克狐，我出發了啾！過幾天就回來！」啾颯背著巨大的背包，拉著巨大的行李箱，站在門口跟邁克狐告別。

邁克狐坐在沙發上，一邊看電視一邊揮爪子道：「一路順風，祝你玩得開心！」

可是啾颯在門口停留了很久，每當他想要出去的時候，就會忍不住轉身看一眼坐在沙發上的邁克狐，最後他還是開口提醒說：「啾，要記得吃飯啾！」

啾颯的擔心不無道理，畢竟邁克狐只要一工作，就會全身心地投入案件之中，有時候甚至會忘記吃飯呢！

「一定吃。」

「啾，不能只吃蛋糕啾！」

雖然邁克狐答應了，但啾颯還是有些擔心，因為除了啾颯，誰也不知道在破案的時候看起來厲害又聰明的邁克狐，其實在生活中有些隨意。

「好啦，啾颯，你再不走就趕不上去港口的空中纜車了！」

邁克狐指指時鐘，啾颯一看就著急地離開了事務所。

邁克狐坐在沙發上，愉快地盤算起來：這幾天該吃哪些蛋糕呢？大自然餐廳新出的限量款甜點就很不錯，不過聽說北邊還新開了一家專門做甜甜圈的餐廳，如果很難做選擇，那就都吃吧……。

與悠閒的邁克狐不同，啾颯拖著行李箱一路匆忙，才準時趕到了出海的港口。但就在他辦好手續準備登船時，卻得知了一個晴天霹靂般的消息。

「乘坐前往伊比利島的航班的旅客，我們抱歉地通知您，由於監測到航線上有大面積暴風雨區域，為了航行安全，今天的航班將延期至明天早上八點出發，請各位旅客到我們提供的旅館住宿，謝謝。乘坐前往伊比利島的航班的旅客，我們抱歉地通知您……」

港口的廣播不停地重複著這則不幸的消息。啾颯將行李放到旅館後，垂頭喪氣地在海邊慢慢踱步，眺望著遠方逐漸沉到海平面下的夕陽，心想：「啾，明明格蘭島這裡還是大晴天，海上怎麼就有暴風雨了呢啾？好想快點見到爸爸媽媽呀啾。」

啾颯走啊，走啊，走累了，就坐在海灘上，望著伊比利島的方向，聽著徐徐的海浪聲，心情逐漸平靜了下來。

「明天就明天吧啾，安全最重要……咦，那是什麼啾？」啾颯看見在前方不遠處，海浪將一個東西沖上了沙灘，那個東西還在不停地掙扎。

「難道是擱淺了啾！」

啾颯趕緊站起來，連身上的沙子都顧不得拍乾淨，邁開短腿跑了過去，靠近一看，原來被沖到沙灘上的是一隻海馬。

「果然是擱淺了啾！還好我看見了啾！」啾颯一邊想，一邊趕緊用翅膀把擱淺的海馬放回海裡。可是沒等他鬆口氣，那隻海馬竟然在海水裡奮力往岸上游，然後又被海浪沖到了沙灘上。

啾颯覺得有些奇怪，心想：「啾，這隻海馬是怎麼回事啾？」當啾颯再一次把他捧在翅膀上，準備放回海裡的時候，卻聽到海馬哭著說：「你別救我啦，我不想活了！」

這隻海馬看起來好好的，怎麼就有了輕生的念頭呢？這還要從幾個小時前說起。

靜謐的淺海裡，陽光透過海水直直照射在海底，一隻海馬正

用尾巴鉤著海草，隨著海浪輕輕擺動。

在這一片祥和中，海馬的肚子裡忽然鑽出一個東西，仔細一看，原來是一隻很小很小的海馬寶寶。因為沒有借力的地方，海洋中一個小小的波浪就把他沖得離開了家長。

「噗……噗……」小海馬無助地漂流著，他實在是太小了，什麼都不知道，什麼都看不清，也什麼都說不清楚。忽然，一個厚實的尾巴捲住了他，他睜開眼，一隻海馬微笑著對他說：「哎呀，我的寶寶，你要到哪裡去呀？快跟媽媽回家吧。」

小海馬以為這就是他的媽媽，於是快樂地吐著泡泡，「噗，噗！」然後就任由自己被帶走了。

可是小海馬並不知道，這隻帶走自己的海馬，並不是自己的親人。而他真正的爸爸醒來後，發現自己的孩子失蹤了，找遍了周圍都沒有，竟然萌生了輕生的念頭。還好他被路過的啾颯發現，救了下來。

啾颯救下了三番兩次想要游上岸的海馬，儘管海馬哭喪著臉，嚷嚷著自己不想活了，可是啾颯還是憑藉體型優勢把他帶回大海，還和他一起潛進海裡，防止他再度輕生。

淺海裡，啾颯嚴肅地問道：「怎麼了啾？為什麼啾？」

海馬的尾巴鉤著海草，在海裡隨著波浪漂浮著，沉默了好久才開口，「唉，我的孩子……我的孩子不見了啊……我……我就是在這裡打了個盹，醒過來，就少了一個孩子啊！」

在海馬先生混亂的描述中，啾颯終於弄清楚發生了什麼事。

海馬先生看今天天氣很好，專程帶著肚子裡的小海馬們來到淺海曬太陽，可能是環境實在太舒適了，海馬先生竟然睡著了。

海馬先生醒來後，就發現有一隻海馬寶寶不見了。「我……我保證，我就睡了幾分鐘，誰知道一醒來他就不見了呢！我馬上把其他孩子安頓好，便到處找啊找，可我都找不到啊，嗚嗚……孩子不見了，我要怎麼跟孩子他媽交代啊！而且……而且我的孩子還那麼小，甚至還不會叫爸爸呢，哎呀，我不想活了啊……」海馬先生一邊哭，一邊又要朝海面游去。還好海馬天生游泳慢，一下子就被啾颯抓住了。

「啾，我來幫你啾！」啾颯安撫著海馬先生說：「我游得快，一起找啾！」

海馬先生上下打量著啾颯，懷疑地問：「等等，你是誰啊？」

啾颯挺起胸脯，驕傲地說：「我是偵探啾！雖然我還只是個助理……但還是會幫你的啾！」

海馬先生顯然沒聽到啾颯特意放低音量的「助理」二字，立刻像找到救命稻草一樣振作起來，激動地說：「偵探！偵探先生，請你幫我找到孩子吧！」

「當然啾！開始找啾！」

有了游泳健將啾颯的加入，周圍這一片水域很快就被搜查了一遍，但仍然沒有發現海馬寶寶的蹤跡。啾颯停在原地，一雙小腳蹼划動著，他邊思考邊念叨，「啾，海浪循環往復，如果海馬寶寶被水流沖走，應該還在這附近才對……海馬游泳很慢，海馬寶寶更不可能自己游走……只有幾分鐘，海馬寶寶很有可能是被其他人帶走了啾！」

「什麼！」聽了啾颯的推理，海馬先生震驚地吐出一串泡泡，「我的孩子被拐了？」

啾颯點點頭，如果這個推測是真的，那這就不是意外，而是犯罪了！啾颯心中正義的小火苗燃了起來，他決心一定要幫海馬先生找到孩子，把海馬寶寶從罪犯的手中解救出來。

「啾，這裡沒有人，到人多的地方問問啾！」啾颯最近苦練通用語，說起話來比以前流利多了。他們很快來到淺海附近的一家雜貨鋪，這是離案發地點最近的商店。

「海馬寶寶？」店主小丑魚從海葵裡鑽出來，轉轉眼睛思考道：「我剛剛倒是真的看到一隻海馬寶寶……」

「真的呀？」海馬先生興奮又著急地問。

「不過人家被媽媽帶著呢，還在我這裡買了零食。他們往那邊去了。」

小丑魚店主指的方向是一家親子餐廳，那裡看起來確實是家長會帶孩子去的地方，如果是罪犯，應該不會帶被拐的孩子去那裡。

海馬先生想到這一點，一下子洩了氣。

可是眼下已經沒有其他線索，啾颯還是堅持要去，他轉身擺

動腳蹼，像一顆炮彈一樣游了出去。

過了兩秒，啾颯轉身，發現海馬先生幾乎還在原地。

啾颯在前面揮揮翅膀，勸道：「啾，還是去看看吧啾。」

「我也想去……可是我們海馬，游不快啊……」海馬先生奮力地扭動身體，才往前移動了一點點距離，「你看，我很努力了！」

事態緊急，啾颯一把抓住海馬先生，嗖地往餐廳游去。位於淺海的海洋親子餐廳現在人聲鼎沸，大家都因為天氣好選擇帶孩子們出來玩。海馬先生一踏進餐廳，看見每個家長都帶著孩子，觸景生情，又要哭出聲來，「我的孩子在哪兒啊……」

啾颯四處張望著，看到餐廳的一個角落坐著一對海馬母子。

海馬女士將食物推到海馬寶寶面前，正要餵他呢。

「啾！」啾颯扯扯海馬先生，海馬先生一看見角落的小海馬，兩眼立刻放出了光彩，驚喜地叫道：「啊！我的孩子！」他興奮地游過去，尾巴鉤起小海馬就要給他一個擁抱。「我的孩子，你怎麼在這裡啊？」

下一刻，一個尖細的喊聲傳遍了整個餐廳，「救命啊！有人搶孩子啊！」

隨著一聲巨大的叫喊，全餐廳的注意力都被吸引到這個角落。大家看到的，就是一隻公海馬抱著一隻小海馬，而帶著小海馬進來的母海馬驚慌地說有人搶孩子。

餐廳裡的家長們立刻帶著孩子圍了過來，膽子大的還質問海馬先生，「你是誰？快把孩子放開，否則別怪我們對你不客氣！」

顯然大家都把海馬先生看成搶孩子的壞人了。海馬先生慌忙地搖頭，解釋道：「不，沒有，這是我的孩子，我剛才找不到他啦！」

「你胡說！」海馬女士抖了一下，「這明明是我的孩子！我沒見過你！」

「我才不是胡說，肯定是你，是你把我的孩子拐走了！我的孩子，我自己還不認識嗎！寶寶，你說，你是誰的孩子？」海馬先生著急地把海馬寶寶舉起來，想讓他證明自己的身分。

現在，所有人的注意力都集中在海馬寶寶身上，畢竟現在只有他見過自己的父母啊。可是，海馬寶寶才剛孵出來沒多久，根本說不出什麼，他望望海馬先生，又望望海馬女士，然後哇的一聲哭起來。

「啵——哇——啵——」

「你們嚇到他啦！」旁邊的比目魚奶奶無奈地說：「連自己的孩子還認不出父母的這件事都不知道，我看你根本不是他的爸爸。」

路人們也附和道：「對啊對啊，快把孩子放開！」

海馬先生心焦情急，他非常確定這就是自己的孩子，可是海馬寶寶年紀太小，根本不能為自己證明。眼看周圍的人逐漸逼近，就要從他身邊帶走孩子了。

怎麼辦，怎麼辦……

他的眼睛看向了啾颯，對了，啾颯不是一位偵探嗎？

啾颯此刻在人群中，冷靜地觀察著一切。確實，光從外表和證詞，完全分辨不出海馬先生和海馬女士到底誰才是小海馬的家長。可是從海馬先生一開始的表現來看，他確實丟了孩子，甚至難過到想要輕生。

該如何證明他們的身分呢？

如果是邁克狐，這個時候他會做什麼呢？啾颯閉上眼睛，仔細回想，邁克狐的聲音在他的腦海中響起，「仔細觀察，收集線索，利用自己的知識進行推理。」

有了！

「啾，怎麼證明是自己的孩子啾？」啾颯開口問道。

海馬先生大聲地說：「我的孩子從小至今都是我照顧的啊！還能怎麼證明？」

海馬女士也不甘示弱道：「明明是我把屎把尿將他養大的，你算個什麼東西！」

「別胡說，我可從來不餵他屎尿！」

兩邊你一言、我一語，吵得不可開交，海馬寶寶在中間哇哇地哭著，四周的圍觀者已經報警了，說要讓警察來處理這件事。

而啾颯卻豎起耳朵，聽著兩隻海馬的每一句話，想要從裡面抓住有用的線索。

忽然，啾颯聽到海馬女士說：「哼，我和我的孩子一直相依為命，我只有他，他也只有我，他從沒見過其他海馬……」

啾颯聽到這句話，立刻抓住了海馬女士的破綻。他快速地游到兩隻海馬中間，宣布道：「啾，我知道了！」

大家同時盯著這隻忽然加入戰局的啾啾，眼睛裡滿是好奇。

「孩子，是海馬先生的啾！」

海馬女士尖叫道：「你又是哪裡來的？哦！你剛剛和他一起進來的，你和他是一夥的！」

啾颯搖搖頭說：「你說謊啾，孩子，不是你的啾！」

周圍的人七嘴八舌地問：「你有什麼證據？」

啾颯回憶著他在書上看到的知識，用自己不太熟練的通用語繼續說：「小海馬，是海馬先生孵出來的啾！母海馬，不能孵卵啾！」

啾颯指著海馬先生的肚子說：「啾，海馬爸爸有育兒袋，孵小海馬啾！海馬媽媽，沒有啾！」

大家一下子都明白了，與大自然中一般都是由媽媽來孵蛋和養育孩子不同，海馬是一種特殊的動物。孵化小海馬的任務，是交給有育兒袋的海馬爸爸來完成，所以海馬寶寶一定見過海馬爸爸。而剛剛海馬女士卻說海馬寶寶從未見過其他海馬，這明顯是在說謊。

海馬女士的臉色一下子蒼白了，她張了張嘴，最後嘆了口氣，因為她知道，無論她說什麼都不能圓這個謊了。

她不捨地看著在海馬爸爸懷裡的海馬寶寶，忽然眼睛一亮，滿懷期待地問啾颯，「我……我只是想找到我的孩子……這位小偵探，你找到了他的孩子，那你能找到我的孩子嗎？嗚嗚……」

「啾……」啾颯一下子變得消沉起來，而圍觀者看海馬女士的眼神中也充滿了憐憫。

大家明白了前因後果，也知道為什麼海馬女士會將小海馬帶到親子餐廳來，因為她是真的想將這隻海馬寶寶當作自己失蹤的孩子，所以才拐走了他。

趕到的警察帶走了沉默無語的海馬女士，啾颯也有些難過，海馬女士是不是不該受到懲罰呢？

這個時候，邁克狐會怎麼想呢？

啾颯正在低落的時候，忽然瞥見海馬先生喜笑顏開地用尾巴

科學小站

海馬

海馬是一種小型的海洋動物，牠叫海馬，是因為有著像馬一樣的頭型，但牠是屬於魚類唷！

跟自然界的其他動物相比，海馬最特別的就是牠們繁衍後代的方式了。海馬媽媽會產卵在海馬爸爸肚子上的育兒袋裡，由海馬爸爸來孵化寶寶。直到幼魚具備自行泳動及覓食能力，海馬爸爸才會將海馬寶寶釋出於環境中，是不是很特別呀？

緊緊環住小海馬，感慨道：「哎喲！我的小寶貝，下次可不能再亂跑了呀，你爸我半條命都被嚇沒了呀，海神保佑、海神保佑……」

邁克狐的聲音又在啾颯的腦海中響起，「如果人人都按照自己的意思做事，不顧法律，滿足了自己，就一定會傷害另一個人，那麼整個世界都會混亂。」

啾颯的心情一下子變得開朗起來，邁克狐說得對。「啾，幫海馬先生找到孩子，是好事啾。海馬女士犯法了，就要受到懲罰啾！不過我們之後也要幫海馬女士找孩子，啾！寫信給邁克狐啾！」

就這樣，啾颯在沒有邁克狐引導的案件中，成功地幫海馬爸爸找到失蹤的孩子，還利用推理擊碎海馬女士的謊言，真是可喜可賀，可喜可賀呀！

06

情緒的魔鬼

在格蘭島北部森林的邁克狐偵探事務所裡，邁克狐正在閱讀啾颯寄來的信件。在信上，啾颯詳細記錄了自己幫助海馬先生找到孩子的過程，還帶上啾颯父母的問候。寫好回信，邁克狐在沙發上舒服地伸了個懶腰，拿起讀了一半的書，準備用閱讀來充實一天的時光。

可惜天不從狐狸願，邁克狐沒看兩行字，電話鈴聲就急躁地響了起來。

「喂，邁克狐，我是豬警官。哼哼，中央廣場旁邊的節奏工作室發生了一起案件，有空的話就請你來一趟吧！」

有案子！

邁克狐一下子來了興致，說了聲「馬上就到」，之後他掛掉電話，起身換上自己的格子風衣，戴上貝雷帽和金絲框眼鏡，然後風一般地前往節奏工作室。

節奏工作室是一間專業的錄音室，格蘭島許多歌手都是在這裡錄製歌曲。由於經常有明星出入，所以維安工作一直做得很好，連邁克狐都沒機會進去參觀。

而現在，節奏工作室的門口停了警車與救護車，還被警方圍上了一圈封鎖線，再也不像平時那麼風光了。

邁克狐一走進去，豬警官就迎了上來，用豬蹄抓著邁克狐的袖子往裡走。

「哼哼，邁克狐，你終於到了，案發現場在這邊。」邁克狐就這樣被豬警官拖到了一個滿地狼藉的房間裡。邁克狐環視一圈，整個房間被一面透明的玻璃分成了內外兩個區域。進門的外區域掛著控制室的牌子，有各種各樣的螢幕和耳機等儀器；而被透明玻璃隔出來的房間叫錄音室，裡面有一組立著的麥克風、耳機、一個休息用的小沙發，還有一小瓶礦泉水。

當邁克狐準備進一步觀察的時候，豬警官出聲提醒道：「小心點，我們維持了案發現場，地上有玻璃碴，別踩到，不要受傷。」

邁克狐點點頭。他一進來就注意到，房間裡好像經歷過一場打鬥，除了側翻的椅子、斷掉的耳機線之外，還有杯子破碎時飛濺出來的玻璃碎片，不過房間裡的玻璃牆完好無損。

地面上還有一攤暗紅色的血跡，一個用白粉筆畫出的輪廓表明這裡就是案發現場。邁克狐小心翼翼地往裡面挪動，來到了窗戶前。玻璃窗戶也完全破碎，只留下鋒利的邊緣，一不小心就會被割傷。他看了看室內，地板上有一些碎裂的玻璃碴，這些也許都是玻璃杯的碎片。

看完了控制室的現場，邁克狐下一步的動作卻把豬警官嚇壞了！他竟然將爪子扶在窗台上，把頭從窗戶的破洞探了出去！

控制室

豬警官趕緊提醒說：「小心哪，邁克狐，窗戶邊也有碎玻璃！」

邁克狐沒回答，他看到窗外有飛濺出去的玻璃碎片，隨後露出了一個自信的微笑，說：「我知道是怎麼回事了。」

他收回身子，扭頭對豬警官說：「房間裡的玻璃碎片少，窗戶外的玻璃碎片多，說明凶手是從房間內打碎了玻璃跳出去的，所以窗戶外面才會有那麼多碎玻璃。看來凶手是從大門進來，與受害者發生了搏鬥，並且殺害了受害者，再打碎窗戶跑出去。」邁克狐推理道。

聽了邁克狐的推理，豬警官瞪大了自己的小眼睛，讚嘆道：「哼哼，邁克狐，你真厲害，跟證人說得一模一樣！」

哪知邁克狐一下子愣住了，看著滿臉崇拜的豬警官，他著急地說：「什麼？現場還有證人？豬警官，你怎麼不早說？」要是知道有證人，他是絕對不會這麼早下結論的。

豬警官有些委屈地搓搓蹄子，說：「你……你也沒問呀……」

不一會兒，臉色蒼白的證人就被帶到了邁克狐的面前。

「我……我什麼都沒看到啊……」證人——也就是小馬哥黑泡——顫抖著說：「我什麼都沒看到啊！」

小馬哥黑泡看起來還沒脫離凶殺案的陰影，在房間裡瑟瑟發抖，什麼都說不出來。邁克狐體貼地把他扶到旁邊房間的沙發上，遞給他一杯熱水。

「黑泡先生，」邁克狐溫柔地說：「只需要跟我說說你知道的事情就好。」

「好……好吧……」小馬哥黑泡喝了口熱水，深呼吸幾下，說：「剛剛，我們正在錄歌。我在錄音室裡，長毛貓製作人在外面監聽。錄製不是很順利，我老是弄不清曲調，所以跟長毛貓製作人說想休息一下，就……就坐在小沙發上瞇了一會兒。」

小馬哥黑泡頓住，喝了一口熱水，又深呼吸一下，做足了心理準備之後，繼續說：「結果，我忽然被雜訊吵醒了，迷迷糊糊中，我聽到幾聲爭吵，然後聽到了水杯破裂的聲音，我本來準備起身看看發生了什麼事！」小馬哥黑泡的聲音忽然放大，「結果還沒等我看清楚，就聽到兩聲槍響！天哪，那可是槍啊！我一下子就被嚇軟了，縮到沙發下面，希望那個人沒發現我。後來，我就聽到了他破窗的聲音，我小心翼翼地抬頭一看，屋子裡已經沒人了，長……長毛貓製作人就倒在地上，滿身是血，我就報警了。」

小馬哥黑泡看起來真的非常害怕，這一段回憶讓他抖個不停。邁克狐用爪子托著下巴，根據他的證詞思考了起來。

邁克狐抬頭問：「黑泡先生，你說你看到了凶手的身影？」

小馬哥黑泡點點頭，肯定地說：「一團黑黑的，又高又壯！」

「根據證詞，凶手是從大門直接進入控制室的。節奏工作室的保全非常謹慎，如果有外人進來，一定會有記錄。可是今天的記錄卻只有你們在工作室，那就是說——」

「哼，凶手是節奏工作室的員工！」豬警官舉著一份資料，氣喘吁吁地往這邊跑來，「邁克狐，按照你的要求查了一下，今天值班的保全人員是黑熊和犀牛！」

黑熊！

黑黑的身影，又高又壯，難道凶手就是黑熊保全？

如果是他，一切就說得通了：利用保全的身分光明正大地進入節奏工作室，打開房門下手作案，又怕作案後被犀牛保全發現，於是打破窗戶逃之夭夭。

邁克狐問：「那黑熊保全現在在哪兒？」

豬警官搖搖頭，回答：「不見了，犀牛保全說他剛剛就不見了，算起來時間正好就是案發的時候。看來黑熊保全就是凶手，現在畏罪潛逃了！你放心，我們警局已經加派人手進行搜查了，他肯定逃不了，哼哼！」

「太好了，太好了！」小馬哥黑泡聽了，連忙拍拍胸口給自己順順氣，「能抓到就好，我還怕他來滅我的口呢！警官們，我可以走了嗎，今天太難熬了……」

豬警官搖搖頭，說：「喂，這怎麼行？凶手還沒抓到，他手上還有槍呢，你作為證人還很危險。我們警方必須好好保護你的安全，等這裡調查取證完畢，你就跟我們一起回警局吧。放心，我們的住宿環境還是很好的。」

聽了這話，小馬哥黑泡的臉上立刻露出了驚慌的表情。他搓搓蹄子，動動耳朵，目光游移地說：「啊……真的不用……

呃……」

邁克狐看著小馬哥那不自然的神情，覺得有些奇怪。關於這個案件，難道他還隱瞞了其他線索？從現在的情況來看，凶手應該就是畏罪潛逃的黑熊保全了，但是邁克狐總覺得事情沒有這麼簡單。邁克狐抬頭，透過玻璃看向錄音室。根據小馬哥黑泡的證詞，案發時他一直都在裡面，那裡面會不會有什麼其他證據呢？

邁克狐走進錄音室，順手關上了門。這是一個雖然小、但是空曠的房間，除了立著的麥克風和耳機，就只有一個小沙發和一瓶還剩一半的礦泉水，一切都符合小馬哥黑泡的證詞。

邁克狐用爪子托著下巴思考著，忽然，他看到地板上有什麼東西在反射著燈光，便趕緊走過去，蹲下身子察看。

「這是……碎玻璃？為什麼這裡會有碎玻璃？案發的時候凶手不是沒有進錄音室嗎？難道是案發後警方勘查現場時從外面不小心帶進來的？」

整個錄音室非常安靜，除了邁克狐自己的呼吸聲，什麼聲音也沒有。邁克狐沉浸在思緒中，不自覺地從口袋裡掏出一根棒棒糖塞進嘴裡，用甜味做大腦的燃料。

「邁克狐！邁克狐！」

為什麼呢，小馬哥黑泡到底在隱瞞什麼？

「邁克狐！不好了！」

正當邁克狐沉浸在思考中時，錄音室的大門忽然被打開，豬警官用極大的嗓門喊道：「邁克狐，你聾了？」

這聲音太大了，一下子把在沉思的邁克狐嚇得耳朵和尾巴都豎了起來，連上面的毛都一根一根直立著。「豬警官你嚇死我了！發……發生什麼事了？」

「我剛剛在外面一直叫你，你都聽不見，在想什麼呢？哦，對了，我們找到黑熊保全了。」豬警官的臉上看不見半點抓住凶手的喜悅，取而代之的是更加緊皺的眉頭和嚴肅的表情。「但是我們在不遠處的樹叢裡發現他的時候，他已經死了。」

邁克狐大驚，叫道：「什麼！」

原先推論出殺害長毛貓製作人的凶手竟然已經死了！這又是怎麼回事？

邁克狐和豬警官帶著小馬哥黑泡，來到發現黑熊保全屍體的

現場，只見他俯臥在一堆枯樹葉上，旁邊掉落了一把手槍。

「哎呀！」小馬哥黑泡趕緊用蹄子摀住眼睛，像是完全不敢看這場面一樣，說：「我剛剛看到的黑影，好像就是他！不……不會是他畏罪自殺了吧！」

邁克狐的視線停留在手槍上，確實，無論是小馬哥黑泡的證詞，還是警方的初步驗屍報告，被害的長毛貓製作人的死因都是手槍射擊，而黑熊保全也很有可能是用這把手槍結束了自己的生命。

可是，當邁克狐蹲下仔細檢查的時候，他發現黑熊保全的身體附近似乎有什麼痕跡。

「這是……」邁克狐撥開周圍的枯樹葉，拿著放大鏡仔細觀察了一下地面，驚呼道：「這是拖拽的痕跡！黑熊保全可能也是被人謀殺的！」

案件的進展一下子撲朔迷離起來！原本大家以為的凶手竟然成了小樹林裡被發現的屍體，而且由於邁克狐找到了被樹葉刻意隱藏的拖拽痕跡，這就斷定了黑熊保全並不是自殺，而是被凶手偽裝成自殺的他殺。

「這個凶手先謀害了長毛貓製作人，又殺害了黑熊保全，這……這案子回到原點了呀！」

節奏工作室裡，豬警官為難地揪著自己的耳朵，哭喪著臉。好不容易找到的凶手竟然也是被害者，難道現在有一個連環殺人狂在外面流竄？豬警官一想到這個就十分不安，他立刻打電話給格蘭島警察局，要求大家加強巡邏，提高治安強度。

　而小馬哥黑泡聽到這個消息更是嚇得快要暈過去。「天哪！這個凶手的下一個目標，會不會就是我呀？」與慌亂的豬警官和小馬哥黑泡不同，邁克狐坐在椅子上一動不動，陷入了沉思。

　正如豬警官所說，案件似乎回到了原點，既然如此，邁克狐就決定從頭開始思考。而這個案子的原點，除了一目了然的犯罪現場之外，就是小馬哥黑泡的證詞。

　小馬哥剛剛說：

「……就……就坐在小沙發上瞇了一會兒……」

「……我聽到幾聲爭吵，然後聽到了水杯破裂的聲音……結果還沒等我看清楚，就聽到兩聲槍響……」

邁克狐的目光回到錄音室裡小馬哥曾經躲藏的小沙發上。

「……邁克狐，你聾了？……我剛剛在外面一直叫你，你都聽不見，在想什麼呢……」

對了，豬警官說他一直在叫邁克狐，可是邁克狐在錄音室裡，確實什麼都沒聽見。

「我知道了！」邁克狐忽然從沙發上跳起來，「我知道凶手是誰了！」

在大家疑惑的目光中，邁克狐自信地抬起爪子，直直指向現場的小馬哥黑泡，「凶手就是你！」

「你……你……你……你說什麼啊？我也差點被害呀！」小馬哥黑泡一下子跳了起來，滿臉震驚。

「你只是謊稱自己差點被害罷了。我們都被你的證詞，還有失蹤的黑熊保全誤導了，以為他就是殺害長毛貓製作人的凶手。可是我們當時都忘了一點，那就是能夠不引起注意，直接進入房間作案的，除了節奏工作室的員工，還有你——本來就在房間裡的小馬哥黑泡。」邁克狐推理道：「也許你在作案的時候被黑熊保全發現了，所以跳窗逃走，黑熊保全追出來卻被你槍殺。你將計就計，把他藏在了樹葉裡，這樣就可以把罪名全都推到他身上。之後，你只要再原路返回，通過破窗戶爬進房間，假裝自己一直躲在錄音室裡就好了。我說得沒錯吧？」

小馬哥黑泡仍然臉色蒼白地顫抖著。「你說什麼？我不知道，我一直都在錄音室裡，要不是門關得緊，我可能也會遇害呀！」

「哼，不要再狡辯了。你的證詞裡就有你說謊的證據！」

「哼哼，邁克狐，怎麼回事啊？」豬警官看邁克狐又要開始賣關子了，趕緊問道。

邁克狐並不說話，他直接走進錄音室，順手關上了門。在大家的疑惑中，他張開了嘴巴。

什麼聲音都沒有。

豬警官隔著玻璃，只看到邁克狐的嘴巴張張合合，像是在說什麼，可是豬警官在外面完全聽不到。

「邁克狐！你在說什麼呢，你真的在說話嗎？」

邁克狐也像是聽不到豬警官在說什麼一樣。忽然，邁克狐拿起不知道什麼時候帶進去的玻璃杯，狠狠地砸在地板上！

出人意料地，豬警官只能看到玻璃杯在地上碎裂、玻璃碎片四處飛濺的樣子，卻聽不到玻璃杯碎裂的刺耳聲音。

邁克狐到底在做什麼？

隨後，邁克狐從錄音室裡走了出來，臉上仍然帶著自信的笑容，而小馬哥黑泡已經滿頭大汗了。

「你應該已經知道自己的謊言在哪裡被識破了吧，小馬哥黑泡先生。這間錄音室是用隔音板和隔音玻璃建造的，除非用耳機和麥克風交流，否則裡面的人根本聽不到外面的聲音。可是你卻說，你在房門緊閉的錄音室裡，不但聽到了槍聲，甚至還聽到了水杯破裂和說話的聲音，請問這是怎麼回事？」

邁克狐用銳利的眼神直直盯著小馬哥黑泡，而豬警官已經準備好了手銬。

眼見謊言敗露，已經完全沒有狡辯餘地的小馬哥黑泡跺了跺腳，發洩般地大喊：「都怪他自己！一天到晚只知道坐在控制室挑我的毛病，我早就受不了了！今天錄音之前，我就想著要是他再讓我不高興，我就動手！然後我就在長毛貓製作人第一百次罵我的時候動了手，我已經給過他機會了……不巧，我遇到了黑熊保全，他甚至還追著我跑了出來，我一慌張，就……就殺了他……我也不想這樣呀……」說著，他顫抖著坐到地上，哭了起來。

「哼哼，不僅密謀殺人，還因為衝動害了另一條生命，你就等著坐牢吧！」說完，豬警官將手銬銬在小馬哥黑泡的蹄子上，帶他上了警車。

「壓抑的情緒竟然造成了兩條生命的離去……情緒有時候真的是魔鬼呀……」邁克狐長嘆一口氣，踱步前往大自然餐廳，他決定用蛋糕來緩和今天低落的心情，同時準備新的工作。

科學小站

隔音玻璃

錄音室和控制室之間的玻璃可不是普通的玻璃，而是一種能對聲音發揮一定阻隔效果的隔音玻璃唷！隔音玻璃的做法有很多種，但基本都是有雙層或者多層結構的夾層玻璃，也就是說，在兩層或者幾層玻璃中間加上一些能夠阻擋聲音傳播的可塑性樹脂隔音膜，這樣就可以讓玻璃具有隔音效果了。裝上了隔音玻璃，窗外再怎麼吵鬧，也能睡上一個好覺！

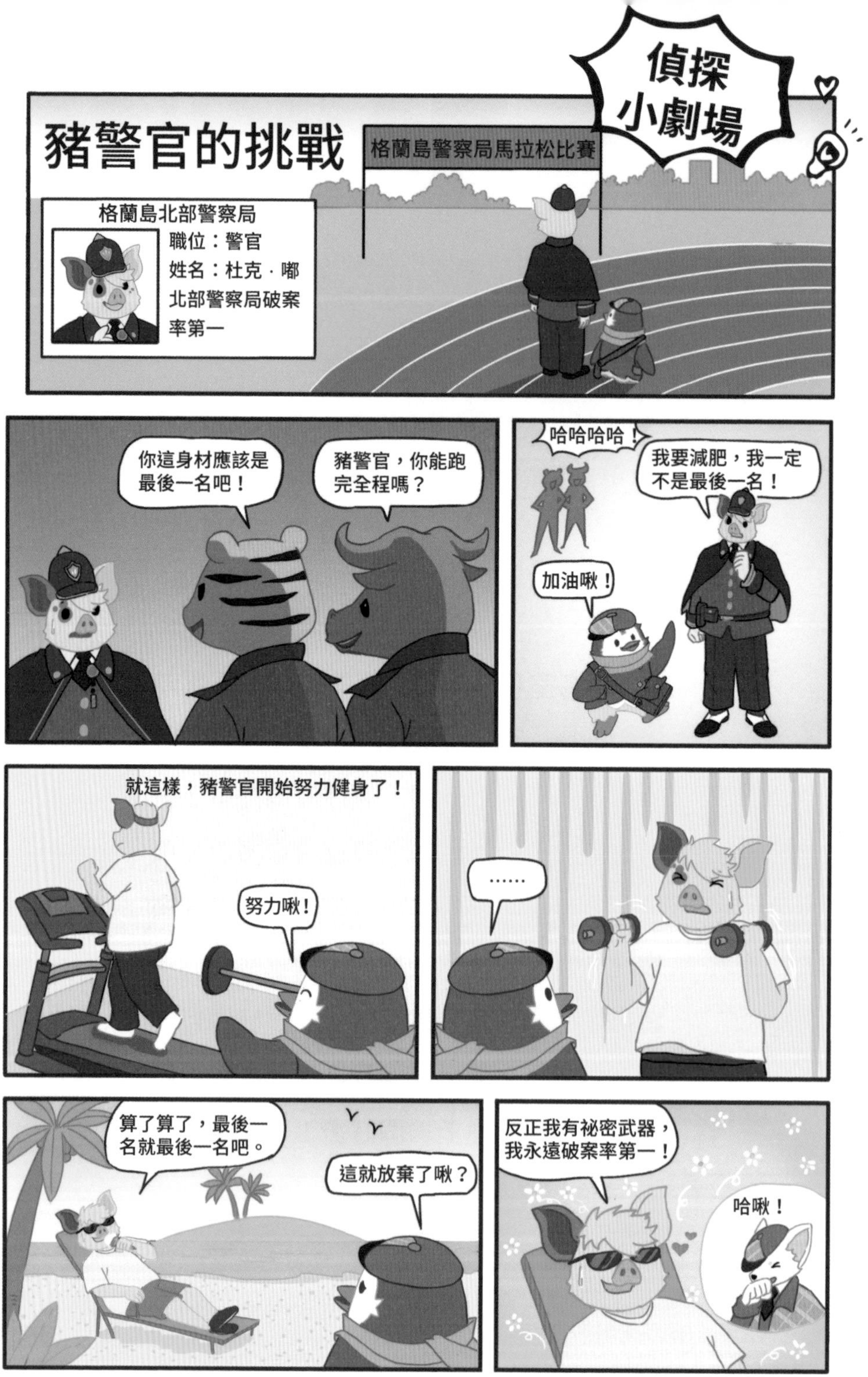
偵探
小劇場
豬警官的挑戰
格蘭島警察局馬拉松比賽
格蘭島北部警察局
職位：警官
姓名：杜克．嘟
北部警察局破案率第一
你這身材應該是最後一名吧！
豬警官，你能跑完全程嗎？
哈哈哈哈！
我要減肥，我一定不是最後一名！
加油啾！
就這樣，豬警官開始努力健身了！
努力啾！
……
算了算了，最後一名就最後一名吧。
這就放棄了啾？
反正我有祕密武器，我永遠破案率第一！
哈啾！

偵探密碼本

邁克狐的偵探事務所裡，有個被珍藏的密碼本。當偵探助理們在書中遇到謎題時，可以根據謎題中留下的數字線索，透過密碼本將數字轉化為英文字母。

不過，其中有個英文字母是多餘的，去掉才能組成正確的單字唷。得到正確單字後，偵探助理們就可以得到本書中謎題的答案啦。

快來和啾颯一起，成為邁克狐的得力助手吧，啾啾啾！

	1	2	3	4	5	6
1	K	X	S	N	B	X
2	L	A	O	J	I	D
3	Q	R	C	N	I	P
4	G	Q	G	F	T	Z
5	H	W	H	U	N	E
6	O	B	V	Z	N	Y

密碼本使用方法：每組數字的第一位表示字母在第幾排，第二位表示在第幾列。例如數字 32 表示在第 3 排第 2 列，字母為 R。

偵探密碼本解答

	1	2	3	4	5	6
1	K	X	S	N	B	X
2	L	A	O	J	I	D
3	Q	R	C	N	I	P
4	G	Q	G	F	T	Z
5	H	W	H	U	N	E
6	O	B	V	Z	N	Y

書中數字：52、22、24、21、32、54、13

（紅色數字為干擾數字，需去掉紅色數字對應的字母才能得到真正的答案）

答案：walrus（海象）

邁克狐看出海象大叔是千面怪盜假扮的，這是因為真正的海象在水裡是灰白色的，但到了陸地上牠們的皮膚會變成棕紅色，而千面怪盜假扮的海象大叔皮膚依然是灰白色的。

海象生活在寒冷的北極地區，牠們的皮膚非常厚，還有厚厚的皮下脂肪來抵禦寒冷。

當牠們在冰冷的海中時，血管會收縮，血流量減少，如此可以減少熱量的流失，皮膚也會呈現灰白色。而當牠們走上陸地，血管膨脹，皮膚就呈現出棕紅色啦，是不是很神奇呢？

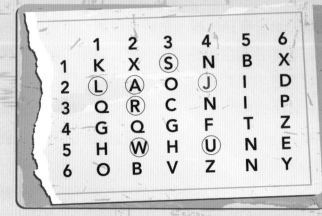

成語解密

書裡的成語你都找到了嗎？

到底這些成語是什麼意思呢？

成語	解釋
幸災樂禍	指對於他人的不幸遭遇引以為樂。
搬弄是非	蓄意挑撥雙方或在他人背後亂加評論，以引起糾紛。
問心無愧	憑著良心自我反省，沒有絲毫慚愧不安。
恍然大悟	猛然醒悟過來。
傷天害理	為人處事違背天理，泯滅人性。
摩肩接踵	形容人多擁擠不堪。
亭亭玉立	形容女子身材修長美麗。
姹紫嫣紅	形容花開得鮮豔嬌美。
心領神會	不必經由言行的表達，心裡便已明白。
趾高氣揚	形容人驕傲自滿、得意忘形。
呆若木雞	形容愚笨或受驚嚇而發愣的樣子。
束手就擒	不加抵抗，讓人綑綁捉拿。
難以置信	很難令人相信。

成語	解釋
戛然而止	形容突然停止。
游移不決	猶疑不定。
振振有辭	自以為有理，說個不停的樣子。
愁眉不展	雙眉緊鎖，很憂愁的樣子。
鄭重其事	處理事物的態度嚴肅認真。
胡思亂想	指不切實際地妄想。
盛氣凌人	用驕橫的氣勢壓迫別人。
捉摸不定	無法揣度，把握不住。
漫不經心	隨隨便便，不加留意。
瞞天過海	比喻欺騙的手法很高明。
心急如焚	形容心中十分著急，如火燒一般。
摩拳擦掌	形容準備行動、躍躍欲試的樣子
躍躍欲試	心動技癢，急切地想嘗試一下。
心服口服	形容非常服氣。
絡繹不絕	形容連續不斷的樣子。

成語	解釋
風度翩翩	形容一個人文采風流，舉止瀟灑。
無所不能	樣樣都會，凡事都能辦到。
分門別類	把複雜的事物，分成若干類別。
晴天霹靂	比喻突發的驚人事件。
三番兩次	多次、屢次。
人聲鼎沸	形容人眾會聚，喧譁熱烈，像水在鼎裡煮沸一般。
觸景生情	看見眼前景象而引發內心種種情緒。
不甘示弱	不情願表現得比別人差。
撲朔迷離	形容事物錯綜複雜，難以驟然明瞭真相。
將計就計	利用對方的計策順水推舟，反施其計。

國家圖書館出版品預行編目 (CIP) 資料

神探邁克狐 / 多多羅著 . -- 初版 . -- 臺北市 : 晴好出版事業有限公司出版 ; 新北市 : 遠足文化事業股份有限公司發行 , 2024.06-
冊 ; 14.8×21 公分 .
ISBN 978-626-7396-59-9 (第 6 冊 : 平裝)
859.6 113003350

Y106

神探邁克狐

博物館謎影⑥　千面怪盜篇

作　　者｜多多羅
專業審訂｜李曼韻
繪　　者｜心傳奇工作室
責任編輯｜胡雯琳
封面設計｜FE 工作室
內文設計｜簡單瑛設
校　　對｜呂佳真

出　　版｜晴好出版事業有限公司
總 編 輯｜黃文慧
副總編輯｜鍾宜君
編　　輯｜胡雯琳
行銷企畫｜吳孟蓉
地　　址｜104027 台北市中山區中山北路三段 36 巷 10 號 4 樓
網　　址｜https://www.facebook.com/QinghaoBook
電子信箱｜Qinghaobook@gmail.com
電　　話｜（02）2516-6892　　傳　　真｜（02）2516-6891

發　　行｜遠足文化事業股份有限公司（讀書共和國出版集團）
地　　址｜231023 新北市新店區民權路 108-2 號 9 樓
電　　話｜（02）2218-1417　　傳　　真｜（02）2218-1142
電子信箱｜service@bookrep.com.tw
郵政帳號｜19504465（戶名：遠足文化事業股份有限公司）
客服電話｜0800-221-029　　團體訂購｜02-22181717 分機 1124
網　　址｜www.bookrep.com.tw
法律顧問｜華洋法律事務所／蘇文生律師
印　　製｜凱林印刷
初版一刷｜2024 年 6 月
定　　價｜300 元
I S B N｜978-626-7396-59-9 (平裝)